FRIEDERIKE
KEMPNER

Gedichte

Ausgabe letzter Hand

Mit einem Vorwort von
Hartmut Lange
und
mit Vignetten von
Max Klinger

Matthes & Seitz

Matthes & Seitz Verlag GmbH
Hübnerstraße 11, 80637 München

Herstellung und Umschlaggestaltung:
Bettina Best, München.
Satz: Gerber Satz, München.
Druck und Bindung:
Ebner, Ulm.

ISBN 3-88221-802-9

INHALT

Friederike Kempner

Vorwort

Die Gedichte der Friederike Kempner werden gewöhnlich als Zeugnisse unfreiwilliger Komik, als Produkte intellektueller Einfalt abgetan, sie sind aber legitime Ziehkinder der ebenso affirmativ gestimmten Weimarer Klassik. Zugegeben: Wer die Kempner erhöht, indem er die Weimarer Klassik als Zeugenschaft benennt, betreibt nichts anderes als Galanterie, und es wäre der Gipfel der Dummheit, Goethe als Ziehvater der Kempner zu benennen, ohne ihn vorher zu halbieren oder zu vierteilen oder überhaupt in die Niederungen seiner affirmativen Bemühungen zu ziehen. Und dennoch: Auch die Kempner kennt den unbedingten Willen zum Schönen, Wahren, Guten, und läßt man das Niveaugefälle zwischen Schiller und der Kempner außer acht, enthüllt sich schonungslos, was Kafka einmal als Stoßseufzer formuliert hat, nämlich: „Das Gute ist im gewissen Sinne trostlos."

Nun hat die Kempner den Weimarern etwas Entscheidendes voraus: Sie kennt zwar, wie jene, den Drang zum Höheren, kennt aber die Wege nicht, die dorthin führen, und so enden ihre Anstrengungen immer im gleichen Unvermögen. Ständig ist sie unterwegs, kommt aber nie zum Ziel, und in ebendieser unerfüllten Spannung lauert ihre gelegentliche Genialität. Sie bleibt durchschaubar bis zur Blamage, nie gelingen ihr unangreifbare, durch Geschmack und wohltemperierte Ethik hermetisch abgeriegelte Sätze wie „Edel sei der Mensch, hilfreich und gut." Zwar versucht sie, wie Goethe, dies immer und immer wieder zu sagen, aber sie hat nie gelernt, was die affirmativ gestimmten Großkollegen bis zur Vollendung beherrschen, die eigene subjektive Befindlichkeit zu kaschieren. Dies macht Friederike Kempner zur Realistin, deren Assoziationsradius tiefer und weiter reicht, als es jene, die Niveau mit Kunst verwechseln, wahrhaben wollen. Ihre Lyrik ist nie gelungen, sie ist an keiner Stelle erbaulich, sie ist naiv, besser auf derart unerhörte, ja skandalöse Weise harmlos, daß sie spielend die

Grenze zur Erotik überschreitet, und sie ist in der Lage, in ihrem ewigen poetischen Schiffbruch ebenjene Kräfte herbeizurufen, die sie abwehren will. Sie ist, auf einen Nenner gebracht, das Gute, das das Böse unwiderstehlich anlockt.

Poesie ist Leben,
Prosa ist der Tod,
Engelein umschweben
Unser täglich Brot.

Solch ein Vierzeiler, der auf jedes Küchenhandtuch gehört, muß einem erst einmal einfallen. Abgesehen davon, daß er abgrundtief wahr ist – hier ist das Gute in keinem, auch nicht im kafkaschen Sinne mehr trostlos. Er reizt zum Widerspruch, wird auf der Stelle transformierbar, und wer kennt nicht die neuesten Hollywood-Produktionen, in denen elektronisch erzeugte und gesteuerte Engelein, diesmal allerdings in Quälgeister des Bösen verwandelt, das tägliche Brot in den Drugstore-Stuben und McDonald's-Hallen ein für allemal ungenießbar machen.

Die Kempner erreicht auf kürzestem Wege jenes ethische Terrain, das die schriftstellernden

Prinzenerzieher ihrer Leserschaft immer nur anempfehlen:

Arglos und harmlos,
Durchs Leben hin,
Kommt mir das Böse
Nicht in den Sinn!

Arglos und harmlos,
Glücklich ich bin,
Hör' ich das Böse,
Denk ich nicht hin!

Dies ist, zugegeben, ohne Raffinesse, aber als Lebensmaxime unwiderlegbar. Es könnte heute noch jedem Karrieristen, aber auch jedem Bundestagsabgeordneten, der vor seine Wähler tritt, als Sprechblase dienen, und es erzeugt, wie jede harmlose Lebenslüge, aggressive Lustgefühle. Wäre die Kempner, was sie keineswegs war, auf so törichte Weise jungfräulich gewesen, sie hätte sich auf ihrer schlesischen Besitzung vor zudringlichen Vampiren nicht retten können, und sie schätzt ihre Wirkung auch annähernd richtig ein, wenn sie im Vorwort ihrer 5. Auflage schreibt:

„Und so kam ich zu der Überzeugung, daß denn doch hie und da ein vorurteilsloses, harmloses Gedicht, ein humaner Gedanke, objektiv zur Anschauung gebracht, frei von aller Parteilichkeit, gezündet, d.h. manchen Bösewicht aufgestachelt haben müsse, so daß er zu Dynamit und Gift greifen wollte."

Diese Wirkung konnte Goethe seiner poetischen Sublimationsarbeit nicht in Rechnung stellen. Die Zivilisation des Bösen hat sich nie an seiner „Zueignung" oder seinem „Die Welt durchaus ist lieblich anzuschauen" auf lustvolle Weise reiben können. Goethe war eben nicht, wie die Kempner, ein „Weltkind in der Mitten", und wo er nach der Unterredung mit Napoleon zwei, drei oder auch fünf Schritte zurücktritt, um jenen berühmten, der Hegelschen „Phänomenologie des Geistes" entlehnten Satz zu äußern, nämlich, der Korse sei der Weltgeist zu Pferde, da springt die Kempner, halb Kokotte, halb Käthchen von Heilbronn und ganz unaufgefordert „Kaiser Friedrich dem Dritten, damaligen Kronprinzen Friedrich Wilhelm" zur Seite, indem sie ihm mitteilt:

Eilst von Sieg zu Siege
Pfeilschnell wie Achill,
Held in jedem Kriege,
Sprichst Du nur: ich will!

Doch in Deinem Ruhme,
Dicht im Lorbeer, wächst
Noch 'ne große Blume,
„Menschlichkeit" zunächst. –

Drum gewähre heute
Was der Dichter fleht:
„Wenn des Todes Beute,
Feld voll Leichen steht. –

Die Gefallnen lasse
Nicht vergraben bald,
Heldenmienen, blasse,
Sterben nicht sobald: –

Daß nicht in der Tiefe
Solch ein Held erwacht,
Und nach Hilfe riefe
In dem finstern Schacht!"

Und hiermit wären wir beim existentiellen Hintergrundrauschen, für dessen Unheimlichkeit Friederike Kempner immer ein offenes Ohr hatte. „O schaurig ists, übers Moor zu gehen", diese Grundstimmung war auch einem Eduard Mörike, einer von Droste-Hülshoff in Fleisch und Blut übergegangen, aber wo bei den Spätromantikern alles noch durch Naturbetrachtung, durch Spukgestalten im Bannkreis eines überlieferten Pantheismus gemildert wird, geht die Kempner einen Schritt weiter. Sie wünscht, daß das Hintergrundrauschen, das sie beunruhigt, wenigstens nach ihrem Tode ein für allemal abgestellt wird. Also verlangt sie, daß öffentliche Leichenhäuser gebaut werden, läßt auch das deutsche Fürstentum darüber nicht im unklaren. Soweit es ihr möglich ist, errichtet sie diese Gebäude selbst, und sie erreicht, daß das königliche Ministerium den Toten eine Frist von 5 bis 7 Tagen zugesteht, in der sie sich ihres Zustands, bevor sie begraben werden, nochmals versichern können. Kaum fünfzehn Jahre alt, läßt sie der Gedanke nicht mehr los, daß man lebendig begraben werden könnte. Auch Bertolt Brecht, auch ein durch und durch affirmativ gestimmter Dichter, reduzierte sein Transzendenzverständnis auf eine ins Makabre gesteigerte Klaustrophobie. Er wollte die Ostberliner Akademie der Künste darauf verpflichten, ihm vor der Einsargung ins Herz zu stechen. Hatte er nun erfahren, daß man über den „todessüchtigen Benn“ nicht ungestraft witzeln darf? Und ist es vielleicht überhaupt ein Merkmal übersteigerter Lebensbejahung, daß man die Angst vor der Gewißheit des Todes hinter einer Wand sozialengagierter Aufgeregtheiten versteckt wissen will?

Fragen über Fragen. Es hat einige Versuche gegeben, die Lyrik der Kempner einer Analyse zu unterziehen, um ihr eine spezifische Poetik zuzusichern. Man hat sie unter die Maîtres populaires eingereiht und mit dem malenden Zöllner Rousseau verglichen. Walter Meckauer wollte ihr eine Ästhetik des Fehlgriffs… „O ja – das ist es. Der Fehlgriff wird uns durch sie zum Paradigma“ … als Verdienst anrechnen. Sie wurde als „begnadet mit dem schlafwandlerischen Genie zum erleuchtenden Schlimm-Mißlungenen“, als Befreierin vom Kitsch durch den Kitsch auf herablassende Weise stilisiert. Man wollte sie im „Hain unsterblicher Dichtung“ als Sperling unter Nachtigallen gelten lassen, aber niemand hat die existentielle Angst der Kempner zur Kenntnis genommen. Meckauer tut sie mit einer einzigen Zeile als tickartige Dimension ab, und doch ist es die besonders hartnäckige und unwiderrufliche Art ihres Umgetriebenseins, die der Kempner jene Kraft, jene Überspanntheit verleiht, durch die sie über alle Grenzen des Schicklichen hinweg ständig oszilliert. Das Gemüt der Kempner ist auf praktische Weise metaphysisch gestimmt. Sie dachte, wie uns überliefert ist, in Denkschriften und sonstigen Appellen über den Zustand des Todes nach, ihre Lyrik aber bleibt von des Gedankens Blässe unangekränkelt. Das macht sie auf so unheimliche Weise irritationslos und im Letzten aktuell. Da sie das Gute lediglich kolportiert, schafft sie Platz für das Böse. Auch das macht sie aktuell, und sie hat, ganz wie die gegenwärtig dichtende Kulturwelt, eine Nomenklatur buntdurchmischter und verlockender Titel anzubieten, als da sind: „Der Himmel ist blau“, „Gegen die Einzelhaft“, „Der Zustand der Gesellschaft“, „Frieden“, „Holdes Blümlein, du willst nutzen“, „Die Welt ist ein Rätsel“, „Fernweh“, „Gegen den Selbstmord“, „Frühlingslüfte wehen leise“, „Gegen die Vivisektion“, „Gegen die Vivisektion des Hundes", „Geschichte", „Parteilichkeit, Parteienhaß", „Es stürmt so viel auf mich herein" und „Als jemand beim Anblick einer armen Frau den Kopf wegwendete".

Bleibt nachzutragen: Friederike Kempner wurde, nach Auskunft der einschlägigen Lexika, am 25. Juni 1836 in Opatow in der damaligen Provinz Posen als Tochter eines gräflichen Gutspächters geboren. Sie zog mit ihren Eltern nach Schlesien, blieb unverheiratet, lebte teils auf dem elterlichen, teils auf dem eigenen Gut, teils in Breslau. Sie hat auch Novellen und Dramen geschrieben und eben theoretisierende Schriften. Sie wurde 68 Jahre alt, litt in den letzten Jahren ihres Lebens an Augenschwäche und starb am 23. Februar 1904 auf ihrer Besitzung, Friederikenhof genannt, an einem Gehirnschlag. Sie war damals in Deutschland über die Maßen berühmt, ist es, dem Namen nach, heute noch. Man rechnet ihre bemühten, aber immer unverstellt und couragiert zugespitzten Versdichtungen der Trivialliteratur zu. Und das ist gut so. Wer sich von den Angestrengtheiten und Ambitionen der sogenannten Hochliteratur einmal gründlich erholen will, der sollte jeden Abend, sagen wir, vier Wochen lang, in ihrem Gedichtband ausgiebig blättern.

Hartmut Lange

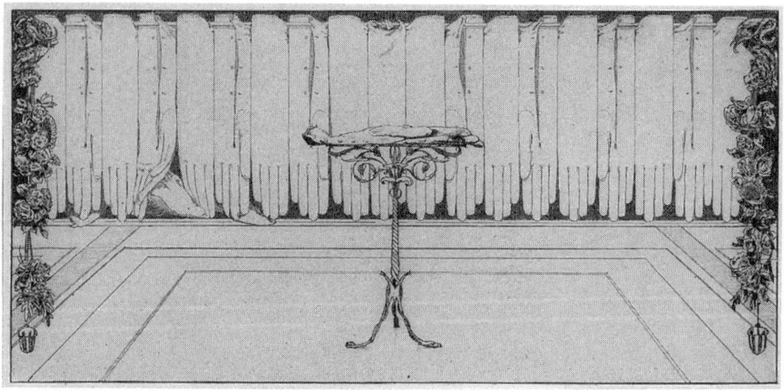

Friederike Kempner

GEDICHTE

Meiner verewigten Mutter,

der Frau Rittergutsbesitzer

MARIE KEMPNER

geb. Aschkenasy.

Das waren Tage des Glückes, als ich diese Gedichte einzeln schrieb, und jedes derselben, noch kaum entstanden, ihr vorlas.

Ist's möglich, daß solch reine Wonne gleich einem Schatten vorüberziehen, oder gleich dem Untergange der Sonne nichts als ein in Glut getauchtes Rot – die Spur ihres leuchtenden Weges – zurücklassen kann? –

Doch auch die Sonne geht nicht wirklich unter, und auch ihr reines Bild lebt hinter dem Vorhange unserer Zeitlichkeit und lächelt am Ufer dem noch auf den Wellen Spielenden. …

Die Verfasserin

Vorwort zur 2. Auflage

Wenn ich der zweiten Auflage meiner Gedichte einige Worte voranschicken soll, so sind es Worte des Dankes an die liebe Lesewelt, welche der ersten Auflage ein so reges Interesse entgegenbrachte, daß nach so kurzer Zeit eine zweite notwendig geworden ist.

Es freute mich unbeschreiblich, daß aus allen Gegenden Deutschlands, von nah und fern, Anfragen und das Verlangen nach diesen Gedichten an mich schriftlich ausgesprochen wurden. Ich bin stolz darauf und ganz besonders davon gerührt, daß alle Farben und Parteien dabei vertreten waren; scheint es doch, als wenn jeder im Innern fühlte, daß es Aufgabe und Ziel der Poesie ist: die Wahrheit für alle zu veranschaulichen, – und durch ihren Sieg dereinst alle zu versöhnen.

Friederikenhof, 1882. *Die Verfasserin*

Vorwort zur 3. Auflage

Der dritten Auflage meiner Gedichte, denen ich viele neue hinzugefügt, schicke ich einige Worte des freudigsten Dankes voraus: Dank der liebenswürdigen Lesewelt, welche die 2. Auflage – 1882 erschienen, schon im Mai 1883 vergriffen hatte!

Möge dieser dritten dieselbe Gunst zu teil werden, eine Gunst, die das Glück und den Trost der Verfasserin ausmacht.

Breslau, im April 1884. *Die Verfasserin*

Vorwort zur 4. Auflage

Nachdem die dritte Auflage dieser Gedichte, denen ich eine Anzahl neue zur vierten Auflage beifüge, in etwa vier Monaten vergriffen, kann ich nur meinen lebhaftesten Dank wiederholen und nochmals sagen, daß dieses Wohlwollen und diese Sympathie mich rührt und wahrhaft beglückt. Ja, das Bewußtsein, meine Gedanken geteilt zu wissen, erhebt mich zu der freudigen Erwartung, daß auch meine humanen Bestrebungen sich in die

Herzen der Menschen immer mehr Bahn brechen und den Sieg über Inhumanität und Unverstand davontragen werden.

Berlin, im November 1884.
Die Verfasserin

Vorwort zur 5. Auflage

Ich habe bei dieser fünften Ausgabe meiner Gedichte wiederum für das überreiche Wohlwollen, welches der vierten Auflage zu teil geworden ist, nur zu danken. Es fehlte freilich auch nicht an anonymer Feindschaft, ja an Haß und Verfolgung niedrigster und widrigster Art, und wie mancher Beherrscher von Rußland, sah ich mich fast täglich von anonymen Briefen heimgesucht, eine Ehre, die ich gar nicht erwartet hätte, die ich aber zu würdigen wußte. Denn gibt es in der Tat ein einziges Streben oder eine einzige Schrift, welche etwas will und nicht angefeindet worden wäre?

Und so kam ich zu der Überzeugung, daß denn doch hie und da ein vorurteilsloses, harmloses Gedicht, ein humaner Gedanke, objektiv zur Anschauung gebracht, frei von aller Parteilichkeit, gezündet, d.h. manchen Bösewicht aufgestachelt haben müsse, so daß er zu Dynamit und Gift greifen wollte. Aber Dynamit und Gift sind schlechte Waffen, die sich überlebt haben, und die unparteiische Wahrheit trifft beides nicht, und so hat denn das liebenswürdige Publikum diese gemeinen Angriffe kaum seiner Entrüstung gewürdigt und in seiner reichen Gunst sind die Gedichte ein bleibendes Buch geworden.

Friederikenhof, den 12. Oktober 1887.

Die Verfasserin

Zur 6. Auflage

Mit regem Dankgefühl
Send' ich euch wieder mal
Euch Blätter ohne Zahl
Ins menschliche Gewühl!
Bringt meinen Gruß der Welt
Und habt ihr ihn bestellt,
Verfolget euer Ziel
Und – gleichsam wie im Spiel –
Verkündet allzumal:
Auf Bergen und im Tal,
In Hütte und Königssaal,
Der Schönheit Ideal,
Der Wahrheit Erz und Stahl,
Der Tugend Götterstrahl!

Friederikenhof, im Januar 1891.
Die Verfasserin

Vorwort zur 7. Auflage

Der Herr Verleger wünscht ein Vorwort zu dieser neuen Auflage und gern rede ich zu denen, welche mich gelesen haben, und welche mich noch oft lesen werden. Dank sei ihnen vor allen für eine Sympathie, eine Übereinstimmung, welche mich beglücken, und mich hoffen lassen, daß auch die „neuen Gedichte“, welche ich dieser Auflage eingereiht habe, den Weg zum Herzen der Menschen finden werden. Schrieb ich sie doch in unsrer neuesten, oft so stürmischen Zeit – gleichsam als einen Erguß lyrischen Schmerzes, der sich jedoch bald in heit're Zuversicht auflöste, mit dieser optimistischen heiteren Zuversicht hoffe ich auch, daß die aufbrausenden Partei-Leidenschaften sich bald, wie oftmals die Wellen des Meeres plötzlich beruhigen und zum Wohle unseres Vaterlandes und der ganzen Menschheit der *Liebe zu ihm und ihr Platz machen werden!* –

Ich hätte manches zu sagen, allein – ein Telegramm verlangt das Vorwort, und so will ich mich damit begnügen, hier nur einer kleinen Episode aus dem Beginn meiner schriftstellerischen Laufbahn zu gedenken, nämlich meiner ersten Gedichte. Ich hielt sie alle versteckt in der fast fieberhaften Unruhe der Ungewißheit, ob ich in Wahrheit eine Dichterin und es wert sei, zu den Herzen der Menschen zu reden, beschloß ich, einem unsrer „größten" Gelehrten, einem Prof. der Botanik und Präsidenten der Akademie der Naturforscher meine Verse zu zeigen, ich wandelte mit hochklopfendem Herzen die langen Oderbrücken der Stadt Breslau entlang nach dem botanischen Garten und wartete lange im Studierzimmer, bis der berühmte achtzigjährige Mann durch den Garten seinem Hause zuschritt. Er fragte freundlich nach meinem Wunsche, ich sagte etwas stockend: ich möchte gern wissen, ob ich wirklich Talent habe – und wurde dabei über und über rot; er sah mich erstaunt an, da ich fast noch ein Kind war, und lächelte fein, bat es sich aber aus, daß ich ihm die wenigen Gedichte dalassen möge, er würde sie gründlich prüfen. Bald darauf erhielt ich ein Schreiben von ihm, dasselbe lautet:

„Sie haben mir mehrere Gedichte zur Beurteilung vorgelegt und mir dadurch das ehrenvolle Vertrauen auf den Takt meines Kunsturteils bewiesen, zugleich aber auch sich selbst ein ehrenvolles Zeugnis ausgestellt, nämlich das, daß es

Ihnen ernstlich um ein rücksichtslos ehrliches Urteil zu tun war, weil Sie sich so ziemlich einen von denen aussuchten, denen es am wenigsten einfallen kann, auf Kosten der Wahrheit galant erscheinen zu wollen.

Ich habe mehrere Ihrer Gedichte mit steigender Teilnahme mehr als einmal gelesen und lege mir hier vor Ihren Augen, was ich gern auch mündlich tun würde, Rechenschaft über den Eindruck ab, den sie auf mich gemacht haben; diese Gedichte erscheinen mir als lyrische Dichtungen im wahren Sinne des Wortes, nämlich als Ergüsse eines bewegten, sittlich starken, der Natur offenen, seiner Zeit und ihren großen Ideen gewachsenen, für das Menschliche im Menschen männlich begeisterten Herzens, das seine Empfindungen unmittelbar und mit lebensfrischen Sinnen aus seiner lebendigen Welt schöpft, diese in sich, gleichsam als die eigene Seele, wiederfindet und nun ohne zu grübeln oder beifallssüchtig zu künsteln, rasch wie einen liebenden, bewundernden, richtenden, strafenden Erguß der Leidenschaft auf seine Gefahr rücksichts- und furchtlos hinaus ruft ins Volk, als rede er auf Geheiß der Wahrheit von der Tribüne.

In dieser Leidenschaftlichkeit des lyrischen Ergusses finde ich den Grundzug Ihrer Gedichte, den Grund ihrer Schönheiten wie ihrer Mängel. Lassen Sie doch ja diese Mängel stehen! Sie würden mit jedem solchen weggewischten Fleckchen den Glanz einer Schönheit verschleiern, erwarten Sie nach dieser Erklärung kein detailliertes Urteil von mir. In den Seelen schlummern Taten, die nur erst Gedichte sind und diese werden sich vielleicht schämen vor den kecken Wagnissen solcher Dichtungen, die vielmehr Opfergaben und Taten hingebender Liebe sind. Ihre Naturschilderungen sind groß durch ihre Leidenschaftlichkeit, – und die zarteste Bewunderung des Schönen in der Natur wie im Menschenleben. Am liebsten sind Sie mir freilich, wenn ich so sagen darf, in Ihren Berichten aus den Gebieten der Hölle, des Verrats, der Flucht des Menschlichen unter den Geiselhieben der entfesselten dämonischen Gewalt, und da, wo Sie zu Gericht sitzen über den Abtrünnigen, die Sie noch einmal herbeibeschwören, um ihnen den Text zu lesen.

Ich habe übrigens mehrere Ihrer Gedichte meinem Freunde G. mitgeteilt, der zwar die Feile mehr liebt, als ich, der aber doch im besten mit mir einig und wahrhaft warm wurde. Er hat uns neulich seine „Göttin der Vernunft" gelesen – ein kerniges, tragisches Epos."

Ich grüße Sie usw.

Ich war überaus glücklich über den Empfang dieses Schreibens, dessen Schönheit mich veranlaßte, seiner hier zu gedenken.

Breslau, den 16. Oktober 1894.
Die Verfasserin

Vorwort zur 8. Auflage meiner Gedichte

Indem ich Dir, lieber Leser und schöne Leserin, zum achten Male meine innersten Gefühle und Gedanken vorlege, hoffe ich, daß keine so große Pause zwischen dieser und der neunten Auflage eintreten wird, wie zwischen der siebenten und der heutigen.

Freilich bestand die siebente Auflage, welche Ende des Jahres 1894 erschienen ist, aus mehreren tausenden Exemplaren und mehrere Kriege: der Spanisch-Amerikanische, der Chinesische, der Transvaalkrieg und mancherlei Bürgerkriege, gehässige, ja blutige, füllten während dieser Zeit die Welt und zogen ihre Blicke von der schönen Literatur ab, um sie auf das wilde Element des Streites und der Parteilichkeit zu lenken. Auch an anarchistischen Meuchelmorden, konfessionellen und religiösen Wirren und Verleumdungen fehlte es nicht in dieser Zeit und sie beschäftigten zur Genüge die Leser; ja die beiden Ungeheuer: Unglaube und Aberglaube, die sich leider um die Herrschaft der Welt streiten, hielten die Gemüter fern von der harmlosen reinen Freude der Poesie, um sie in Angst und Spannung zu versetzen.

Es war eine böse, widerwärtige Zeit und die Überzeugung der Verfasserin von der Vortrefflichkeit der menschlichen Natur an und für sich, welche sie in ihrem „Büchlein von der Menschheit“ ausgesprochen, hatte so manchen Stoß erlitten. Das war nicht die Welt, die sie im Rahmen ihrer Mutter gesehen und träumen lernte, das war kein Abglanz jener Menschen liebenden Größen, die ihr schon in der Kindheit und in frühester Jugend begegneten, nichts von den Anschauungen Herrmann Wilhelm und Marie Boedekers, da war keine Spur von der uneingeschränktesten. Toleranz der beiden opferfreudigen Priester Franz und Anton Marson, kein Schatten von den selbstlosen, ja großmütigen Ansichten Nees von Esenbeck, der die Brüderlichkeit praktisch einführen und Preußen die Leopoldinisch-Carolinische Akademie der Naturforscher trotz allem nicht entziehen wollte, und keine Ähnlichkeit von der weisen, attischen Klarheit des großen Boeckh und seiner Tochter, Frau Professor Gneist. Es war eine harte Zeit der Unliebe. Damals schrieb sie ihre Broschüre „Ein Wort in harter Zeit“ und mißmutig, wie s. Z.

Grillparzer, zog sie sich in die Einsamkeit zurück und manchmal sagte sie zu sich selber: „Wie schwer wird es einem gemacht, das Gute zu tun.“ Aber verzagt hat sie nicht, weder an der Menschlichkeit noch an der Erreichung des Guten und niemals an der Gnade Gottes, der sie das große Ziel zum Wohle aller, welches sie trotz mancher Stürme verfolgte, und das sie für ihr eigenes Wohl und Wehe fast unempfindlich macht, ganz nach ihrer Überzeugung erreichen lassen wird. Das walte Gott.

Nun, lieber Leser und schöne Leserin, überreiche ich Dir mit dieser neuen Ausgabe auch mehrere neue Gedichte, auch sie kommen von Herzen, wie alle meine Gedichte und werden Dir daher, wie ich hoffe, auch zu Herzen gehen.

Möge mit ihrem Erscheinen auch eine ideellere, wahrhaft humane Zeit eintreten.

Friederikenhof, den 1. März 1903.

Die Verfasserin

GEDICHTE

Das Vöglein

Vöglein, Vöglein mit den Schwingen,
Mit den Äuglein schwarz und klein,
Laß uns mit einander singen,
Laß uns liebe Freunde sein!

Vöglein hüpfte auf den Bäumen,
Endlich es mit Sang begann:
Du kannst nur von Freiheit träumen,
Dich seh' ich als Fremdling an!

Mensch, auch Du hast Deine Schwingen,
Äuglein klar und hell und rein,
Könntest Freiheit dir erringen,
Dann erst laß uns Freunde sein!

Abdel-Kaders Traum

Wolkenloses himmlisches Gewölbe,
Unter mächt'gen Palmen Purpurzelt,
Eine Reiter-Karawane hält,
Auf dem Boden Wüstensand, der gelbe.

Krachend unterirdisches Gewölbe,
Fünfzehnhundert Leichen, tiefentstellt, –
Jede Leiche war ein wackrer Held, –
Speit die Flamme rasselnd aus, die gelbe.

Solch' ein Traumbild Abdelkader grüßte,
Trunken er der Heimat Boden küßte:
„Allah, Allah" – ruft er, – „meine Wüste!"

„Pellissier, Dein fürchterlicher Brand!" –
Plötzlich sich der Held im Traum ermannt,
Seine Blicke trafen Kerkerswand! –

Antibrüderlichkeit

Sterne, könnt ihr freundlich glänzen,
Wenn das Unerhörteste geschehen,
Könnt ihr gleichgültig herniedersehen,
Wenn das Böse sie bekränzen?
Wenn ein Funken in euch sprühet,
Sterne lodert auf in hellen Flammen,
Nur mit Flammen könnet ihr verdammen,
Was auf Erden hier geschiehet.

Und Du Erde stille kalte
Birgst in Tiefen Du nicht Feuerschlünde?
Hast Du keine für die ärgste Sünde?
Rüttle Dich, Du kräft'ge Alte!
Spei sie aus mit einem Zuge:
Unterwelt und heil'ges Himmelsfeuer,
Schlagt zusammen über Ungeheuer,
Und geheuer wird's im Fluge.

Motto

Sei ein Mensch, hab' ein Herz
Unter Millionen,
Wie ein Fels, wie ein Stern,
Stehe fest, leuchte fern,
Setz' die Welt in Staunen!

Sei ein Mensch, hab' ein Herz
Für die Millionen,
Wenn's der Tor auch Wahnsinn nennt,
Weil er keine Weisheit kennt,
Kannst Du drüber staunen?

Sei ein Geist, schür' die Glut
Unter Millionen,
Selber heiß, selber glüh',
Fürchte nie, raste nie,
Setz' die Kraft in Staunen.

Sei ein Geist, schür' die Glut
Unter Millionen,
Laß auf Erden eine Spur,
Ahne sie und lächle nur,
Es giebt sichre Kronen.

Sei ein Geist, schür' die Glut
Unter Millionen,
Wie am Himmel still ein Stern,
Wirke lächelnd, scheide gern,
Alles wird sich lohnen!

Der Invalide

Ein alter Mann mit grauen Haaren,
Tiefbraun von Hand und Angesicht,
Aus dem, so stark die Glieder waren,
Hohnfrei ein stilles Lächeln spricht.

Mit blauen Augen, sanft, voll Leben,
Wie mancher friedlich deutsche Strom,
Und wie die Heil'gen sie erheben
Im stolzen Vatikan zu Rom.

Es spielt auf off'nem Markt die Leier,
Der arme, alte Invalid',
Von trüben Zeiten, – alter, neuer,
Singt er dazu ein hübsches Lied:

„Oed' und verlassen
Nah' ich dem Grab,
Spielet ihr Lüfte,
Sanft mich hinab!

Vieles erlitten,
Kämpfend erstrebt,
Für Deutschland gestritten,
Für Deutschland gelebt.

Und eifrig geliebet
Menschen und Gott,
Menschen, sie blieben
Fern in der Not!

Oed' und verlassen
Nah' ich dem Grab,
Spielet ihr Lüfte,
Sanft mich hinab! – "

Viel' Leute geh'n an ihm vorüber,
Die meisten sehen gar nicht auf,
Sein sanfter Blick wird trüb' und trüber,
Doch spielt er immer wacker auf.

Der Abend naht, die Sonne sinket,
Der Alte packt die Leier ein,
Im Auge eine Träne blinket,
Er seufzt: man soll zufrieden sein!

Ich dachte heute nicht zu fasten,
Und hofft' auf frisches Lagerstroh!
Komm', alter, lieber Leierkasten,
Man hofft, doch wirds nicht immer so!

Es waren freilich kühne Pläne,
Doch Niemand hat mich angeschaut,
Man zahlt nun nicht mehr solche Töne:
Was fang' ich an in meiner Not?

„Und" – spricht er stockend und verlegen,
„Ich weiß nicht, red' ich Jemand an?
Es ist an mir nicht viel gelegen,
Doch *ganz* man nicht verhungern kann!"

„Herr" – fleht er endlich einen Reichen,
„Sie borgen wohl acht Pfenn'ge mir? –"
„Mein Freund, man borgt nicht eures Gleichen,
Und Bettlern geben selten wir." –

„Als Bettler ward ich nicht geboren,
ein Bettler wird man erst alsdann –
– Lehrt sanft der Greis den tauben Ohren,
Wenn man sich nicht mehr helfen kann!“ –

Ein Knabe zieht die Straß’ herunter,
Mit Rosenbüscheln zum Verkauf,
Der kleine Proletarier, munter,
Horcht bei des Alten Stimme auf.

„Herr“, spricht der Knabe sehr verlegen,
„Ich hab’ den Greis zwar nie gekannt,
Doch, wenn Sie einen Argwohn hegen,
So bleib’ ich Ihnen gern zum Pfand!“ –

„Der arme Mann“ – fleht er mit Beben,
„Er spielt den ganzen Tag schon hier,
Und kann die Arme kaum mehr heben,

„Hört“, spricht zum Invalid der Knabe,
„Ich bind’ ein Sträußchen für Euch los,
’s ist freilich eine kleine Gabe,
Doch dies allein besitz’ ich bloß!“

Es wankt der Greis in seine Wohnung,
Wirft matt sich auf das faule Stroh,
„Ach“, – seufzt er bitter – „ohne Schonung
Behandelt man den Armen so?“

Die Nacht ging langsam ihm vorüber,
Es auf dem kalten Boden graut,
Da leuchtet wunderbar herüber
Ein herrlich lichtes Morgenrot.

Die Leier lag zu seinen Füßen,
Und dicht das Sträußchen rosenrot,
Der schöne Kopf auf grobem Kissen:

Holdes Blümlein, Du willst nützen,
Auf der weiten grünen Au?
Sieh', die Sonne scheint so golden,
Und der Himmel, er ist blau!

Hohe Pläne, kühne Pläne
Werden Dir das Blut erhitzen,
Holdes Blümlein, um Dich schau:
Pläne werden meistens grau.

Röselein sich tiefer bückte,
Was das kleine Herz entzückte.
Kalter Zweifel will's ihm rauben!
„An das Schöne will ich glauben" –
Sprach es – „ob auch Blättlein sich entlauben"
Und dem Röslein alles glückte! –

*

Auf und nieder steigt die Welle,
Auf und nieder steigt die Nacht,
Und der Sterne Glanz und Pracht
Wechseln mit des Tages Helle.

Ew'ger Wechsel, Nacht und Helle,
Grüne Matten, dunkler Schacht,
Sprich, was siehst Du auf der Wacht,
Steigend auf die festen Wälle?

Moder, Moder aus den Grüften,
Blumendüfte in den Lüften,
Manchen Geist, ach, schwergeprüften.

Eine Welt, die Alles preist,
Was da Glanz und Schimmer heißt,
Und das Böse vorwärts reißt! –

Gegen die Einzelhaft

Allein, allein, doch nicht auf freier Erde,
In einer Zelle engem Raum allein –
Dämonen steigen auf im düstren Schrein,
Als Ton ein Schrei, – als Bild wahnsinnige Geberde.

Nacht – Tag – Nichts – Nichts – die Zeit,
sie stehet stille,
Das Herz steht gleichfalls still – im Innern bebt's,
Von außen – Eis und Tod – im Innern lebt's,
Im Innern kocht und bäumet sich des
Menschen Wille.

Des Menschen Wille! Groß und Furien ähnlich,
Kleinmütig, schwach! Barmherzigkeit, ich fleh':
„Werft mich hinab in schäumend wilde See,
Nach raschem Tod, nicht nach lebend'gem
Grab begehr' ich sehnlich.

Vom schroffen Fels stoßt mich mit
Menschenhand hinunter!
Laßt mich dabei ein einzig Menschenantlitz seh'n –
Ertötet nicht den Blick – die Sonne bleibt
am Himmel steh'n, –
Die Sinne, die gemordet, geh'n für immer unter!"

Geschichte

Tiefe Nacht und lange Schatten,
Ueber Land und über Meer,
Auf Europa's sumpf'gen Matten
Tanzt das Irrlicht hin und her.

Kohlengluten auf dem Herde,
Gluten in des Menschen Herz,
Der mit gleichgült'ger Geberde
Schmiedet feiner Ketten Erz.

Finst're Nacht und lange Schatten,
Tränen und Blut auf jedem Steg,
Auf Europa's grünen Matten
Geht die Schlange ihren Weg.

Und es steigen aus den Tiefen,
Mit dem greisen Haupt und Haar,
Ungeheuer, die sonst schliefen,
Lautlos naht die Schreckensschar.

Flammen zischen, Ströme brausen,
Tritt aus Deinem Ufer aus,
Meer, verwüste und mit Grausen,
Unsrer Erde grünes Haus! –

Der Kontrast

Im feinen, weißen Spitzenkleide,
Im blonden Haar Kamelienkranz,
Steht heut Madam', 'ne Augenweide
Macht Toilett' beim Kerzenglanz.

Vier Hände sind bemüht zu schmücken
Ihr selig lächelnd Angesicht,
Ihr Dies und Jenes recht zu rücken,
Und auch die ihr'gen ruhen nicht.

Sie geht zum Ball, und dreist ich sage,
Die Frau ist reizend, wunderschön,
Daß sie gefällt ist keine Frage,
Das muß ihr selbst der Neid gesteh'n!

Wenn auch nicht eingehüllt in Flimmer,
So spielt doch ganz dieselbe Szen'
Ihr Herr Gemahl im Nebenzimmer,
Der freilich etwas minder schön.

Sehr fein ist seine Toilette,
Es glänzt der Ring an seiner Hand,
Er putzt die goldene Lorgnette,
Setzt eine Cigarett' in Brand.

Er ist schon fertig, spricht mit Würde:
„Der Wagen steht für uns bereit,
Du bist sehr schön, genug der Zierde,
Mein Kind, es ist die höchste Zeit!"

„Wie glücklich bin ich", – ruft sie leise,
„Auch ich", – sagt lauter ihr Gemahl,
„Es macht mich Deine Art und Weise
Sehr stolz auf meine gute Wahl!"

„Komm" – sagt er, froh an Faro denkend, –
„Dir alles, alles, herrlich steht", –
Und seinen Kopf bedenklich senkend –
„Wir kommen wahrlich heut zu spät!"

Nur noch das Halsband von Demanten,
Nur noch die Brosche mit dem Opal,
Das Taschentuch mit den Brabanten,
Den Blütenstrauß und dann den Shawl!

Zu Ende ist die Toilette
In Wahrheit ein possierlich Bild,
Solch' Torheitseifer um die Wette,
Stets aus beschränktem Geiste quillt.

So jung, so schön, so voller Freuden,
So voller Anmut und so reich,
So eilen nun zum Ball die Beiden,
An Eleganz sich selber gleich.

Die reichen Menschenkindchen träumen
In dem Moment von Unglück nicht,
Da sieh, sich scheu die Rosse bäumen
Vor eines Mannes Angesicht.

Ein armer Mann, die Stirn voll Falten,
Mit stierem Auge, hohler Wang',
Mit Lippen, dünnen, bleichen, kalten,
Die schon vertrocknet schienen lang.

Er stand an jener heiter'n Schwelle,
Verhungert und erstarret fast,
Der Mond beschien an jener Stelle
Das Elend unter seiner Last.

„Ich fleh'" – spricht er – „um ein Almosen,"
Und küßt der schönen Frau die Hand,
Sein schwacher Kuß zerdrückt die Rosen,
Die an des teuren Handschuh's Rand.

„Mein Freund" – sagt sie mit kalten Mienen,
Erzürnt durch diese Freveltat –
„Ich habe keine Zeit zu Ihnen!
Ob Robert etwa Kleingeld hat?"

Ihr Mann zieht nun den vollen Beutel,
Wie herrlich glänzt darin das Gold!
Doch all sein Suchen war nur eitel,
Denn wen'ges war's, was er gewollt.

„Halt, halt, gieb Etwas jenem Armen",
– So herrscht der Herr den Kutscher an –
Des Letzteren Blick fällt voll Erbarmen
Und Grauen auf den armen Mann.

Er greift hinein in seine Taschen,
Vier Groschenstücke sind darin,
Schnell sucht er alle zu erhaschen,
Und wirft sie rasch dem Armen hin.

„Hier, Bruder, sind vier Groschenstücke,
’s ist alles, was ich geben kann.“
„Und“ – sagt er sanft, mit feuchtem Blicke:
„Fragt manchmal dort im Giebel an!“

Jetzt rollte fort der rasche Wagen,
Der Kutscher wischt ein Aug’ sich ab:
Er denkt an all’ die großen Fragen,
Die solch’ Kontrast zu lösen gab.

Die Knaben

Wie Du so viel Tränen weinst!
Ziehest fort, Du lieber Freund,
Seh’n wir uns auch wieder einst?

Weit zieh’ ich, weit über’s Meer,
Und ob wir uns wiederseh’n:
Zweifle, zweifle ich gar sehr! –

In die Länder ziehst Du hin,
Wo's so schön und schwül soll sein?
Kennst Du auch die Kinder drin?

Nach Amerika geht's hin,
Drückend heiß soll es dort sein,
Und ein Fremdling ich dort bin!

Mach' das Herz mir nicht so schwer,
Einstens seh'n wir uns noch, ja:
Einstens kommst Du wieder her!

Laß mich schau'n Dir ins Gesicht,
Denn wenn wir uns wiederseh'n:
Kinder sind wir dann doch nicht! –

Das Mütterlein

Was siehst Du, Kind, im Mondenschein?
Ein Mütterlein am Wegestein,
Viel tausend Falten auf Stirn und Wang'!
Ihr scheinet ach, so weh, so bang,
Viel tausend Zähren sie leise verschluckt,
Das matte Haupt fast zur Erde gebuckt.

O, weine nicht, armes Mütterlein,
Es blinket so hell der Mondenschein!
Die gold'nen Aehren auf Berg und Tal,
Sie bücken und grüßen Dich allzumal!
Und bis auf das kleine Goldkäferlein,
Kann alles nicht schöner und prächtiger sein.

Wohl blinket so silbern der Mondenschein,
Doch düster und eng ist mein Kämmerlein,
Für mich wächst nichts auf dem grünen Feld,
Dem meine Hände den Acker bestellt!
Ach, freilich konnte es nicht anders sein,
So seufzet das arme Mütterlein.

Was siehst Du, Kind, im Mondenschein?
Ich sehe die grünen Hügelreih'n,
Die gold'nen Aehren auf Berg und Tal,
Sie grüßen und laden die Alte zum Mahl!
Die Stirne in Händen sie mächtig sinnt,
Und Träne auf Träne zur Erde rinnt.

Fanatismus und Geld

Auf der Kette wohlverschlung'ner Berge
Steh'n zwei Gnomen, stolz und mächtig groß,
Tausend Riesen knie'n vor jedem Zwerge,
Ihre Arme müßig bei dem eignen Los;
Nur wenn jene Gnomen es gebieten,
Eilt die Arbeit, daß die Funken sprühten.

Jedem Zwerg ist untertan die Erde,
Krüppelhaft gestaltet sich die Welt,
Riesen wurden eine staub'ge Herde,
Vor dem Fanatismus und dem Geld, –
Geist'gen Arme schüttelt eure Kette,
Und die Gnomen gleichen Brandesstätte!

Immergrün

Immergrün trotz Zeit und Wetter,
Pflänzchen, zart und fest und schön,
Smaragdfarben Deine Blätter,
Könntest bei den schönsten steh'n.

Denn der Freieste von Allen,
Dessen Blick man nie bestach,
Rousseau fand an Dir Gefallen,
War gerührt, wenn er Dich brach.

Wenn er Deinen zarten Stengel
Selten froh in Händen nahm,
Zagend, forschend, suchend Mängel,
Und zum Vorschein keiner kam. –

Pflänzchen, liebstes mir von allen,
Ewig bleibst Du teuer mir,
Rousseau konntest Du gefallen:
Dank für seine Freuden Dir!

Wie ist das Deutsche Vaterland?

Sieh', das Haus ward mir zu enge,
Und es trieb mich in die Welt,
In des Tales dunkle Gänge,
Wo sich's wie im Traum verhält.

Rebenhügel, Tannenwälder,
Mitten hin des Stromes Band,
Schmucke Auen, Weizenfelder,
Schönes, Deutsches Vaterland!

Zu den blankgeputzten Hütten,
Droben auf der Bergeshöh'
Zog es mich mit raschen Schritten,
Und verwundert still ich steh'.

Eine Stimme ruft von innen,
Eine Stimme klar und hell:
„Guter Jüngling, geh' von hinnen,
Schreit nicht über diese Schwell'!

Steig' auf Burgen, steig' auf Zinnen,
Sieh' von außen an das Land,
Was Du sehen kannst da drinnen,
Es verwirrt Dir den Verstand.

Unsrer Hütten trübe Weise
Paßt nicht zu der schmucken Au,
Guter Jüngling, wirst zum Greise,
Und Dein Lockenhaar wird grau."

Blümlein ranken um die Mauer,
Schön gepflanzt von welker Hand,
Und benetzt von Tränenschauer,
Grünt das Deutsche Vaterland!

Drei Schlagworte

Wie heißt das Wort, das in der halben Welt
Man gleichbedeutend mit dem Gelde hält,
Doch mit dem Geld, das stets im Säckel bleibt,
Und schon von selbst die besten Zinsen treibt?
Es ist, es heißt die, die, die, die,
Die teure Bourgeoisie!

Wie heißt das Wort, das in der halben Welt
Man gleichbedeutend mit dem Elend hält,
Doch mit dem Elend, – das mit wack'rem Mut
Die schwere, große Arbeit tut?
Es ist, es heißt: der, der, der, der,
Es heißet: Proletarier!

Wie heißt das Wort, das in der halben Welt
Man gleichbedeutend mit Utopien hält,
Doch mit Utopien, ähnlich Morgenlicht,
Das hell und warm zu jedem Herzen spricht?
Es ist, es ist mein Ideal,
Das große Wort, es heißt: sozial.

Mein Röselein

Grüß' Dich Gott, mein Röselein,
Schön und klein und sanft Du bist:
Wie sie so anmutig ist!

Röselein, gern seh' ich Dich!
Bleib' so still und lieb und rein:
Bleib' so ewig jung und mein!

Röslein mein, o denk' an mich!
Purpurrot und grün Dein Stiel:
Geist und Anmut hat sie viel!

Röslein, Dich, Dich liebe ich!
Zart drück' ich Dich an den Mund:
Nehme Abschied, bleib' gesund!

Blättlein klein, o bleibet frisch,
Ihres Zweiges dunkelgrün:
Ach, ich muß von dannen zieh'n!

Röslein, nein, es war nur Scherz:
Ewig, ewig bleib' ich Dein!
Ewig bleibst Du lieb und fein!

Röselein, o grüß' Dich Gott,
Schön und frisch und mein Du bist:
Voll mein Herz vor Freuden ist!

Das Wunderlieb oder die Bucht in Möckelsdorf

Tief unten zwischen Bergen,
Da liegt ein Fischerkahn,
Den lenkt das Wundermädchen,
Die's Vielen angetan.

Ihr Aug' so blau und stürmisch,
Wie aufgeregte Flut,
Halb traurig und halb schaurig
Still auf der Gegend ruht.

Der braunen Flechten Länge,
So groß wie Schilf im Fluß,
Drauf, – sagt man, – drückt die Nixe
Allnächtlich einen Kuß.

Den Strohhut auf den Haaren,
Das Ruder in der Hand,
So fährt sie auf und nieder,
Doch niemals bis an's Land.

Die Tränen in den Augen
Der Jungfrau sind erstarrt,
Und ihre weißen Arme
Sind Marmor, kalt und hart.

Den Jüngling faßt Entsetzen:
Das Wunderliebchen fein,
Der Nachen samt dem Ruder
Und alles ist von Stein. –

Es dunkelt auf den Bergen,
Des Fischerkahn's Gestalt
Samt Jüngling und samt Jungfrau
Umschlingt die Tiefe bald.

Das schöne Wundermädchen
Samt Ruder und samt Boot,
Sind noch in Stein zu sehen!
Den Jüngling fand man tot! –

Rhoswita's Bild

In stiller Klosterzelle saß
Ein ernstes Frauenbild,
Und eifrig schrieb und dacht und las
Rhoswita, sanft und mild!

Ein härenes Gewand
Bis an den Hals sie trägt,
Ein großes Tuch von Pergament
Ist vor ihr aufgelegt.

Der Polterabend

Herab von seiner stolzen Veste
Lehnt sich ein Rittersmann,
Tief unten aus dem Felsengrunde
Schwingt's lautlos sich hinan.

Schwarzbraune Locken auf dem Nacken,
Rotsamtnes Prachtgewand,
Den erznen Panzer um die Hüfte,
Das Visier in der Hand.

So lehnt er an dem Erkerfenster
Im hochzeitlichen Schmuck,
Was stierst Du, Ritter, in die Tiefe,
Das Irrlicht zeigt nur Trug!

Ruht Laura nicht im stillen Grabe?
Kein Schatten kehrt zurück,
Vergiß die Schuld, zum Hochzeitsmahle
Ruft heut' Dein froh' Geschick!

Ha, immer stiert er noch herunter
Den scharfen Blick hinab.
Das Irrlicht steht an jener Stelle,
Wo sie den Tod sich gab.

Sein Grund ist leer, o weh, der Schrecken!
Was singt dort am Gestein?
Was schwingt sich hoch von Fels zu Felsen,
Im weißen Heil'genschein?

„Noch grauet nicht Dein Hochzeitsmorgen,
Noch schaust Du nicht Dein Glück,
O, harter Ritter, schau' lieb' Laura,
Ihr Schatten kehrt zurück!"

Den stolzen Ritter faßt ein Grausen,
Als er das Lied gehört,
Von Geisterarmen fortgerissen
Er in den Abgrund fährt.

Horch da, ein namenloses Poltern
Im felsigsten Gestein,
Als wenn auf einmal tausend Donner
In's Burgtor schlügen ein.

D'rum soll am Abend vor der Hochzeit
Ein Polterabend sein,
Denn – heißt es – wo viel Licht und Freude
Wagt sich kein Geist hinein. –

Der Zustand der Gesellschaft

Die Erde bebte, groß, gewaltig wird ihr inn'res Wüten,
Und schwarz und finster war's und keine Sonnen glühten.

Ach, keine Blüten und kein Rauschen, und kein Frühlingswehen,
Die große Nacht war düster, schauerlich mit anzusehen.

Da schallt des Donners Stimme und erweckt die stumme Nacht.
Des Blitzes Schein erhellt die Erde, die Menschheit sie erwacht.

Sie öffnet halb das müde Auge, vom Schein zurückgeschreckt.
Und schläfrig bleibt die Wimper liegen, die ihr das Licht versteckt.

Doch durch die zarten, kleinen Härchen der große
Lichtstrahl dringt,
Und golden es dem langen Schläfer in's trübe
Auge blinkt.

Es folgt ein Blitz dem ersten Strahle, mit voller
Blitzeskraft,
Die ganze Welt, sie steht in Flammen und hat sich
aufgerafft.

Die Menschheit mit den edlen Zügen, sie sieht den
jungen Tag.
Und macht sich auf vom finster'n Lager, wo sie im
Schlafe lag.

Noch fühlt sie nicht den Rausch der Wonne,
sie schreckt die Gegenwart,
Sie fühlt sich schwach, denn sie ist feige und ahnt,
was ihrer harrt.

Sie konnt' das Finstre ja nicht schauen, was tat es ihr
zu Leid?
Jetzt sieht sie es, vom Licht erhellet und sieht es weit
und breit.

MK

„Ich soll die Finsternis verscheuchen“, so ruft der Mensch und weint,
Die Finsternis wird groß und größer, je näher sie erscheint!

Ich will ihr nicht in’s Auge sehen, der schwarzen Höllenbraut! –
In diesen Abgrund, der verzehret, wenn man hinunter schaut! –

Die Menschheit möchte wieder schlafen, und drückt ein Auge zu,
Doch auch im Herzen brennt die Flamme und ihr wird keine Ruh’!

Die Tscherkessen

Sieh’, drei Reiter, glänzend, prächtig,
Wie sie nur im Traume!
Scharlachrot auf schwarzen Rossen,
Und mit gold’nem Zaume.

Schwarz und golden, herrlich flimmert's
Wie sie blitzschnell eilen.
Funken stäuben gleich Raketen,
Und es schwinden Meilen!

Purpurfedern auf Baretten,
Dolche an den Seiten,
Schienen sie die schnelle Runde
Um die Welt zu reiten.

Und die Rosse, wie arabisch
Ihre Blicke leuchten,
Wie die glänzend schwarzen Haare
Helle Tropfen feuchten!

Dreimal kam die Nacht gezogen,
Dreimal sah man's tagen,
Und noch immer Rosseshufe
Samt den Herzen schlagen.

Dreimal kam die Nacht gezogen,
Dreimal sah man's tagen,
Und es konnten Feuerkugeln
Sie noch nicht erjagen!

Nächtlich sieh' im Mondenscheine
Die drei Reiter knieen.
Brück' und Wasser hinter ihnen
Eine Linie ziehen.

In dem Grenzort auf dem Berge
Steht des Marktes Menge,
Und Bewunderung, Staunen, Rührung,
Wechseln im Gedränge:

Seht ihr, seht ihr die Tscherkessen,
Herr Gott! wie die reiten!
Feuer sprühen ihre Blicke
Hin nach allen Seiten!

Sie entfloh'n aus tiefen Reußen,
Heldenmut im Blute, –
So tönt's in des Volks Geflüster –
„Wie den' auch zu Mute?" –

Vor des Preuß'schen Rathaus Schwelle
Stehet die Behörde,
Und die Reiter, heiß und glänzend,
Ruhen auf der Erde.

Ihre Zeichen, ihre Mienen,
Blicke, freudetrunken,
Streicheln sie die prächt'gen Rosse,
Wie im Traum versunken.

Ihre Zeichen, ihre Mienen,
Ihre dunklen Worte,
Sie enträtselt halb ein Dolmetsch,
Tief gerührt am Orte.

„Wir Cirkassien's freie Söhne
„In der Sklaven-Ferne
„Hörten rühmend eure Freiheit,
„Dienten Freien gerne!

„Durch des höchsten Gottes Fügung
„Nun auf freier Erde,
„Flehen wir zum freien Preußen,
„Daß uns Hilfe werde!

„Dreimal vier und zwanzig Stunden
„Ohne Rast geflohen,
„Bieten wir uns, uns're Schwerter
„Euch an voll Vertrauen!

„Dreimal vier und zwanzig Stunden
„Ohne Rast geritten,
„Wir um edle, große, deutsche
„Gastlichkeit nun bitten! – “

Also klagen ihre Worte,
Und mit starrem Munde
Still vernahm des Ortes Vorstand
Diese selt'ne Kunde.

Selbe Nacht noch, sieh', pechfinster,
Trotz des Vollmonds Lichte,
Lautlos durch die tiefe Stille
Lauschet die Geschichte.

Horch, zwei preußische Schwadronen,
Die Tscherkessen mitten,
Ziehen auf dem dunklen Boden
Hin mit festen Tritten.

Wieder sieht man durch die Gegend
Rosseshufe sprühen,
Brück und Wasser diesmal ihnen
Vorn die Grenze ziehen.

Horch, da öffnet sich der Schlagbaum,
Und am Brückenkopfe
Nicken durch die hohle Öffnung
Russen mit dem Kopfe.

Dumpf Gemurmel vom Kartelle,
Freundschaft, – ungeschwächte, –
Und man liefert unsere Helden
An Kosakenknechte!

Düster graut der vierte Morgen,
Einzeln leuchten Sterne,
Russen bilden einen Halbkreis,
Wetter leuchten ferne:

Düster flimmern die Laternen,
Donner westwärts grollen,
Von der Helden Haupt, gebücktem,
Große Tränen rollen:

Niederknien alle Dreie,
Und vom Regimente
Dreimal tönt die russ'sche Salve,
Daß die Erde dröhnte!

Der Misanthrop

O Einsamkeit, Du stilles Land,
Der Träume und des Friedens Du,
Die Dankbarkeit mich dir verband,
Dir dank ich meine süße Ruh'!

Du gabst mir wieder alles das,
Was ich verloren hielt,
Die Liebe, die ich schon als Haß
In meiner Brust gefühlt.

All das, was Edles ich geglaubt,
Dir dank' ich's nun allein,
Den Glauben mir nun Keiner raubt,
Denn einsam will ich sein!

Wer weiß, ob nicht in jener Welt
Ein Geist wird einsam sein,
Ob jedem Geist nicht eine Welt
Beschieden auch wird sein.

Es lebe stille Einsamkeit!
Du gabst mir süße Ruh!
Ich weihe mich der Dankbarkeit,
Mein einz'ger Freund sei'st Du! –

Wirklichkeit

Grüne Matten, Staub und Asche,
Menschenauge, schön und groß,
Ist es wahr, daß solchem Glanze
Drohet der Vernichtung Los? –

O verwesen und vernichten!
Doch Vernichtung ist es nicht,
Nur verpuppen wie die Raupe
Soll der Mensch sein Angesicht.

Sag', was ist Dir, süßes Kindchen,
Und was widert jetzt Dich an?
Macht's die Aehnlichkeit der Raupe,
Daß Dir geht ein Ekel an?

Süßes Kindchen, Menschenräupchen,
Mach' kein bitterbös Gesicht,
Und verbitt're drum das Leben
Deinen Mite-Raupen nicht. -

Fernweh

Gold’ne Sonne mit den Strahlen,
Komm und nimm mich an Dein Herz
Und von Deinem Licht getragen,
Steige mit mir himmelwärts!

Zeige mir dort Deine Wesen,
Deinen großen Wunderraum,
Und damit ich’s nicht verrate,
Laß mich’s schauen wie im Traum!

Oder nimm mich in die Höhe
Nur ein tausend Meilen fern,
Daß ich ihn von dort aus sehe:
Unsern kleinen Erdenstern.

Ufergemälde

Es heulet der Sturm,
Es tobet die See,
Es peitschen die Wellen
Die See in die Höh'.

Es steuert ein Fahrzeug
Am seegrünen Strand,
Es steiget die Mannschaft
Mit Beben an's Land.

Ein Weib ist dazwischen,
Das Kind auf dem Arm,
Drückt's fester und flehet:
Daß Gott sich erbarm'!

Gerettet, bewahret
Von göttlicher Hand,
Bewahrt vor dem Abgrund,
Der Tiefe Gestrand.

Am Ufer ich bete,
Mit Blumen geschmückt,
Mein Kind, es ist eisig,
Mein Haupt ist gebückt.

Tot! Tot – sie es sagen,
O Vater, o nein,
Du lässest nicht halb nur
Gerettet uns sein!

Es schloß in den Fluten
Die Aeugelein zu,
O rettender Gott,
Gelobet seist Du!

Belebe mein Kindlein,
Mein Herz und mein Blut,
Sonst wollte ich lieber
Hinab in die Flut;

Zurück in die Tiefe,
In Wassers Gewalt,
Wo unser Notschuß
In Klüften verhallt.

Das Auge sie hebet
Zum Himmel empor,
Da schlaget, horch plötzlich
Ein Schrei an ihr Ohr.

Ei, sieh da, das Kindlein,
Das Kind ist erwacht,
Sein Mund hat geschrieen,
Sein Aug' hat gelacht!

Es sinkt in die Kniee
Die Mutter am Strand,
Und rufet ganz trunken:
O sehet doch Gottes Hand!

Die Männer, sie wenden
Verwundert sich um
Und geben das Kindlein
Die Runde herum.

Sie heißen es Jeder
Willkommen am Land!
Und murmeln dazwischen:
O sehet doch Gottes Hand!

Die Heimchen

Hörst Du, wie die Heimchen zirpen?
Wird es Dir nicht heimlich so?
Ist es nicht, als wenn Dir riefen
Freundesstimmen irgendwo?

Düst're Nacht im Krankenzimmer,
Stürme draußen, Stürme drin,
Feuersbrunst am dunklen Himmel,
Heiße Glut um Herz und Sinn.

Sehnend mich nach neuer Schöpfung,
Mich nach ros'gem Morgenlicht,
Saß ich still beim Lampenscheine,
Kummer in dem Angesicht.

Horch da, plötzlich Heimchen sangen,
Traulich, heimlich ward es so,
Als wenn Freundesstimmen riefen,
Tröstend, hoffend irgendwo!

Heimchentöne, Heimchenworte,
Klangvoll fing's zu sprechen an:
„Wer die Kehlchen singen lehrte,
Der auch Heilung schaffen kann!"

Der Barde

Für eine Dame, schön und hold,
Für Minnetreu und Minnesold,
Des Barden höchstes Gut,
Verspritzen wir das Blut.

Der Barde liebet Ehr' und Recht,
Er ist der Erste im Gefecht,
Für Mortimer von Lewellyn
Bis in den Tod die Barden zieh'n.

Für Wales, unser Vaterland,
Gesegnet schön von Gottes Hand,
Für seine Berge und grüne Seen
Die Barden Alle für Einen steh'n.

Am Rhein

Auf Bergeshöh'
Den Pfad entlang,
Auf off'ner See
Beim Harfenklang.

Im Frührotschein,
Bei blauer Luft,
Am Rhein, am Rhein
Beim Blumenduft.

Im Himmelsraum
Den Vögelschwarm,
Im Hirn den Traum,
Ganz sonder Harm.

Im Abendrot
Das Tal hinab,
Und dann, dann tot,
Allein im Grab.

Die Judenkirche

Physallis Alkekengi

Ein kleines, ernstes Bäumchen
Streckt seine Zweige aus,
Es ließ nicht gern sich essen,
Und Haß war drum sein Los!

Hellrot sind seine Früchte,
Die Blüten weiß wie Schnee,
Es zeuget die Geschichte
Von Bäumchens Schmerzensweh!

Sympathie und Antipathie

O, menschliche Wohlfahrt und menschliche Freiheit,
Euch Beide die Seele mit Liebe umfaßt,
O menschliches Elend und menschliche Bosheit,
Wie seid ihr mir beide so tief doch verhaßt.

Und sollt' ich die Ersten auch niemals erblicken,
Und schlügen die Letzten mir stets ins Gesicht
Ich häng' an den Ersten mit ew'gem Entzücken,
Im Leben verlocken die Letzten mich nicht! –

Das scheintote Kind

Nocturno

Stürmisch finst're Nacht
Kind im Grab erwacht,
Seine schwache Kraft
Jäh zusammenrafft.

Machet auf geschwind,
Ruft das arme Kind,
Sieht sich ängstlich um:
Finster ist's und stumm.

Ueberall ist's zu
„Mutter, wo bist Du?"
Stoßet aus den Schrei,
Horchet still dabei;

Und in seiner Qual
Klopft es noch einmal,
Sieht sich grausend um:
Finster ist's und stumm.

Streckt die Ärmlein aus,
Hämmert schnell drauf los,
Ruft entsetzt und laut:
„Hört, ich bin nicht tot!“

Lehnt sein Haupt am Arm:
Daß sich Gott erbarm’,
Lebt man ewig so?
Und wo stirbt man, wo?

Ach, man hört mich nicht,
Gott, ach nur ein Licht!
Sieht sich nochmals um!
Finster bleibt’s und stumm.

Stier und starr es tappt,
Und am Sarg es klappt,
Horch, da strömt sein Blut
Durch des Nagels Hut;

Aus dem warmen Quell
Sprudelt’s rasend schnell:
Endlich stirbt das Kind,
Froh die Engel sind!

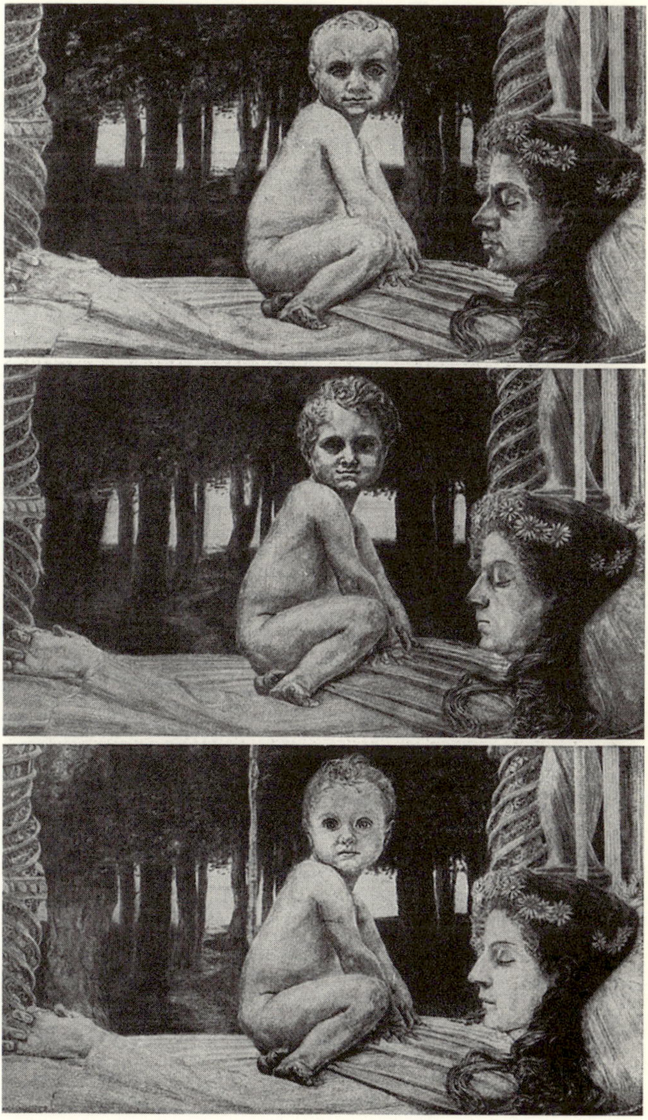

Stürmisch ist die Nacht,
Blätter rauschen sacht,
Niemand sah sich um:
Finster blieb's und stumm!

Logik

Es hört ein wack'rer Kriegersmann
Sich dies Geschichtchen einmal an,
Dem Tod konnt' er ins Antlitz sehen,
Doch jetzt im Aug' ihm Tränen steh'n.

Ein Leichenhaus, ein Leichenhaus,
Ruft er aus vollem Halse aus,
Wir wollen nicht auf bloßen Schein
Beseitigt und begraben sein!

Wir wollen, alle Wetter auch,
Nicht halten an dem dummen Brauch,
Daß man mit uns zu Grabe rennt,
Als wenn man's nicht erwarten könnt'!

Fürs Denkmal haben Gelder wir,
Und um Lebend'ge handelt's hier!
Man sühnt wohl solche Grausamkeit
Nicht mehr in alle Ewigkeit.

Für Tänzer giebt es Raum und Zeit –
O, tiefbetörte Menschlichkeit!
So lang' nicht Leichenhäuser sind,
Seid Alle Ihr so schlecht als blind! –

Natur und Mensch

Es blinken die Sterne hinab auf das Moos,
Es regt sich das Blättlein im Moose,
Im Schatten der Palme dort riesengroß,
Dort wächst eine purpurne Rose:
O Blättlein mein, so frisch und so klein,
O duftiges, purpurnes Röselein!

Es blinken die Sterne hinab auf das Moos,
Es hüpfet ein Vöglein im Moose,
Im Schatten der Palme dort riesengroß,
Erblühet die Wundermimose:
O Röslein mein, Mimöslein mein,
Und lustiges, hüpfendes Vögelein.

Es blinken die Sterne hinab auf das Moos,
Es birgt ein Gesicht sich im Moose,
Ein weinend Gesicht und riesengroß
Die Träne, allüberall große: –
Und Träne und Blut bis zum Himmel reicht
Und alle die Schönheit verschwindet, erbleicht.

Poniatowsky

Ich saß am Fuß des Berges
Und träumte mancherlei,
Die kleine, frische Elster,
Sie plätscherte vorbei.

Was hast Du zu erzählen,
Du schmales Silberband,
Was wir nicht schon gehöret,
Was uns nicht schon bekannt?

Was Dir bekannt geworden
Durch der Geschichte Mund,
Das waren bunte Muscheln,
Doch Perlen beut mein Grund.

Ich saß am Fuß des Berges,
Und träumte mancherlei,
Die kleine, frische Elster,
Sie plätscherte vorbei.

Komm her, laß Dir erzählen,
Du fremdes Menschenkind,
Einstmalen Roß und Reiter
In mir versunken sind.

Versteh' mich recht, dem Polen
Die Hoffnung gänzlich sank;
Er stürzt sich in die Tiefe, –
Es hieß: daß er ertrank;

Er lebt in meinen Fluten,
Singt nächtlich einen Sang,
Wie ein Gebet so klingt es,
Doch traurig, weh und bang;

Er lebt in meinen Fluten
Und weint um's Vaterland,
Die Tränen werden zu Perlen,
Man fischt sie an das Land.

Das Mädchen an der Donau

Genrebild

Frischer strahlt im Morgenglanze
Uns're junge Erde noch,
Und das Mädchen pflückt zum Kranze,
Klettert auf der Berge Hoch.

Schön ist's auf der Berge Rücken,
Schön im schatt'gen Talesgrund,
Und es lächelt voll Entzücken
Still des Mädchens kleiner Mund.

Auf der Höhe steh'n noch Reben,
Von der Trauben Zahl gebückt,
Und ein Körbchen dicht daneben,
Dem das Mädchen näher rückt.

Schnell sie's faßt, und stecket denkend
Von den Beeren in den Mund,
Und das kleine Köpfchen senkend,
Blickt sie abwärts in den Grund.

Bricht noch saft'ge Trauben viele,
Voll gepflückt schon's Körbchen steht,
Doch sie ist noch nicht am Ziele,
Still und rasch sie weiter geht.

Zu dem Strome, der hinunter
In die weite Eb'ne eilt,
Unser Mädchen, rasch und munter,
Gern beim wilden Strom verweilt.

Heller strahlen ihre Blicke,
Fröhlich färbt die Wange sich,
Und auf ein'ge Augenblicke
Setzt das wilde Mädchen sich.

Stiert hinunter in die Welle,
Stiert hinunter in die Flut,
In den Augen spiegelhelle,
Eine schöne Träne ruht.

Das rote Blümlein

Ein rotes Blümlein auf grüner Au,
Ein kleines Wölkchen an Himmels Blau,
Ein feines Mägdlein im leichten Kahn,
Es eilet, es eilet die Flut hinan.

Das Blümlein zittert auf grüner Au,
Das Wölkchen am Himmel wird schwarz und grau,
Das Mägdlein bebet im leichten Kahn,
Und mächtiger eilet die Flut hinan.

Das Blümlein zerstoben auf grüner Au,
Das Wölkchen verschwunden am himmlischen Blau,
Das Mägdlein versunken im leichten Kahn,
Es steiget die Flut die Höhen hinan.

Was stürmst Du, Flut, den Himmel hinan,
Was willst Du, gräulicher Wassermann? –
O stolzer Knabe, sei ruhig, sei still,
Dein Spiel und Dein Traum und Dein Lieb ich will! –

Mein Spiel ist hin, und mein Traum ist hin,
Was kömmt Dir, Du törichter Mann, in den Sinn?
Mein Lieb lebt unter der brausenden Flut,
Und nimmer verlischt uns're Liebesglut.

Das rote Blümlein, das war mein Spiel,
Dem Wölkchen am Himmel traut' ich so viel,
Dem Mägdlein folgte mein ganzes Herz,
Durch Hütte und Kerker und Not allerwärts.

Und schlägt die Woge auch über ihm her,
Das Mägdlein erstehet aus Nacht und Meer,
Ich seh' es behalten so wohl auf dem Grund
Als wie es mir nah' vor den Augen stund.

Der deutsche Tribun

Es stand ein zierlicher Jüngling
Auf einem Hügel von Stein,
„O dürfte ich“, – rief er, „hinüber,
Hinüber bis über den Rhein!“

Die Welle zu meinen Füßen,
Da drüben den deutschen Grund!
So steh’ ich, mich sehnend am Ufer
Tagtäglich zu jeder Stund’!

Ich bin der echteste Deutsche,
Verbannet, doch ohne Grund,
Ein Deutscher schon tausend Jahre! –
Und spöttisch lächelt sein Mund.

Ein Deutscher, trotz brauner Locken,
Der Falte inmitten der Stirn,
Dem trüben und bleichen Antlitz,
Und meinem so glühenden Hirn.

Wer war's, der sich so sinnig
An jenen Felsen gelehnt,
So wahrhaft sich und innig
Nach Deutschland hat gesehnt?

Er war's, der wackre Börne,
Der Meister vom Rechtsgefühl –
Der Deutschland ernsthaft liebte
Mit heißestem Pflichtgefühl!

Den Deutschland einstens verstoßen,
In Deutschland einstens verpönt,
Und der sich drum nicht minder
Nach Deutschland hat gesehnt.

Die Jagd

Hell der Himmel ist erleuchtet,
Sonnenstrahlen hin und her,
Frischer Tau den Rasen feuchtet,
Silbern glänzt das Jagdgewehr.

Eine Jagd ist's! Blutig jagend
Eilt der Jäger durch den Wald,
Für das böse Alles wagend,
Mordruf weit und breit erschallt!

Aufgescheucht flieh'n junge Rehe
Von dem blut'gen Schauplatz fort,
Doch der Jäger Todesnähe
Eilet nach von Ort zu Ort.

Mit der Hast, dem wilden Grimme,
Der das Böse gern beschönt,
Der betäubend jene Stimme
Ernsten Mahnens wild verhöhnt.

Bei dem blut'gen Reh daneben
Steht der Schütze, blutig rot:
„Räche Gott, mein schuldlos Leben" –
Fleht das Tier vor seinem Tod.

Trotzig glänzt des Waidmanns Miene
Bei des jungen Rehes Blut
Und es war, als wenn's ihm schiene
Heute hätt' er Glück und Gut! –

„O, daß ich den Bock erwische"
Und so stürzt er rasend fort,
Und bleibt hängen im Gebüsche,
Fremdes Roß, es tummelt dort;

Schleift den Jäger zu der Haide,
Wo das Tier getroffen liegt,
Still am Boden liegen Beide,
Schuldlos Reh hat obgesiegt!

Endlich macht es eine Runde,
Endlich steht das wilde Roß,
Doch in selbiger Sekunde
Geht des Jägers Büchse los!

Jäger schaut's mit stierem Blicke,
Schmerz durchzuckt sein Angesicht:
Jäger, traue Deinem Glücke,
Deiner wilden Jagdlust nicht! –

Amerika

Amerika, das Land der Träume,
Du Wunderwelt so lang und breit,
Wie schön sind Deine Kokosbäume,
Und Deine rege Einsamkeit!

Mit Deinen blau und roten Vöglein,
Mit Deinem stolzen Blumenheer,
Mit Deinen tausend Schiff' und Segeln,
Von denen voll Dein weites Meer.

Mit Deinen smaragdgrünen Blättern,
Mit Deiner duftig kühlen Nacht,
Zu nah'n Dir auf des Schiffes Brettern,
D'ran hab' als Kind ich schon gedacht!

Trotz Deiner prächtig bunten Schlangen,
Trotz Deiner heißen Sonnenglut,
Gilt Dir mein eifriges Verlangen,
Das mächtig nun und nimmer ruht! –

Das Wäldchen

Ein Wäldchen sich erhebt,
Sproßt fröhlich himmelan,
Ob unser eins noch lebt,
Wenn einst die Axt daran?

Man pflanzt den Berg mit Wein,
Der Muskateller bringt;
Ob wir noch lebend sein,
Wenn er im Becher blinkt?

Ein Rosenknöpfchen blüht,
Und morgen auf es bricht,
Ob es mein Aug' noch sieht,
Weiß Gott, ich weiß es nicht!

Gegen die Vivisektion

Ein unbekanntes Band der Seelen kettet
Den Menschen an das arme Tier,
Das Tier hat seinen Willen – ergo Seele –
Wenn auch 'ne kleinere als wir.

Ein Mensch, mißbrauchend die Gewalt und Stärke,
Ein lebend Herz zerreißend – wie?
Wer gleicht denn hier dem wilden Tiere,
Ist es der Mensch, ist es das Vieh?

*

Welten Chaos, Menschen Chaos,
Chaos in des Menschen Brust,
Heil'ge Liebe, glühend Hassen,
Düstrer Gram und heit're Lust!

Wie es lodert, wie es flammet,
Finstre Wolke, schwanker Kahn,
Heilger Mut und süßes Hoffen:
Bleibet in dem morschen Kahn.

Wollte Gott

Die dunkelgrünen Tannen
Auf grünem Rasenland,
Darüber Sonnenstrahlen
Und Himmel ausgespannt.

Die Sonne ist gesunken,
Die Senner gehn nach Haus,
Zerlumpte, bleiche Leute,
Sie sehn gespenstig aus.

Ihr schönen grünen Tannen,
Ihr glänzt im Abendrot,
O wollte Gott, es hinge
An euren Zweigen Brot!

Was ist das Beste?

Ein Liedlein tönt von Ferne:
Was ist das Liebste Dir? –
Die Augen und die Sterne,
Sie sind das Liebste mir.

Ein Liedlein tönt von Ferne:
Was ist das Schönste hier?
Das Schönste und das Liebste,
Das ist der Himmel mir! –

Und sprich, was ist das Größte
Und Allertreu'ste Dir? –
Das Größte ist der Glaube,
Das Treu'ste Tugend mir.

Und weiter tönt es ferne:
Was ist das Beste hier?
Das Beste ist die Mutter,
Das Allerliebste mir!

*

Kennst Du das Land,
Wo die Lianen blüh'n
Und himmelhoch
Sich rankt des Urwalds Grün?
Wo Niagara aus den Felsen bricht,
Und Sonnenglut den freien Scheitel sticht? –

Kennst Du das Land,
Wohin Märtyrer zieh'n,
Und wo sie still
Wie Alpenröslein glüh'n?
Kennst Du das Land, kennst Du es nicht?
Die zweite Heimat ist's, so mancher spricht!

Fest-Romanze

Reich bekränzet glänzt die Stadt
Bunte Fahnen, Flaggen wehen,
Ehrenpforten blühend stehen,
Und des Fürsten Stirn ist glatt.

Gases Flammen, wie im Traum,
Böllerschüsse und Raketen
Macht die Gegend rings erröten,
Und das Jauchzen endet kaum.

Ueber'm Knotenstock gebückt,
Steht ein Greis mit langen Haaren,
Düster seine Züge waren:
„Tor und Toren sind geschmückt." –

Spricht er lächelnd – „doch fürwahr,
Ehrenhafter würd' es klingen,
Würde dir ein Vivat bringen
Unsrer Bettler große Schar!"

Atheismus

Es gleitete das Schiff durch pechschwarze Klippen,
Schon gähnt es der bannende Abgrund an, –
O wollte die Mannschaft den Himmel erblicken, –
Der Himmel allein sie erretten kann.

Nichts and're kann retten – sonst hüllen die Sterne
Euch weinend das Haupt und strahlen euch nicht –
Und Wetterwolken bedecken am Tage
Der heitern Sonne weitreichendes Licht. –

Auch außer dem Meere, im eigenen Herzen
Beginne der Kampf und das Ja und das Nein –
Um Höhe und Tiefe, um Helle und Dunkel,
Um höheres oder niederes Sein. –

Um Leben für immer, um Sterben für immer –
Um ewigen Unsinn und ewigen Zweck –
Verlöscht nicht das Licht bei der finsteren Brandung –
Das Schiff uns'rer armen Menschheit ist leck.

Stimmung

Düster liegt die Welt mir da,
Wie ein ödes Meer,
Und der Abgrund ist so nah,
Und er reizt mich sehr.

Drin vergessen und versenken,
Selbst das Schöne mit,
Nichts mehr fühlen, nichts mehr denken,
Erde, wir sind quitt!

Keine Lust ist's, keine Wonne,
Aber mehr als das,
Keine Schatten, keine Sonne, –
Keine Lieb', kein Haß! –

Denn im Nichts die Freiheit lieget,
Nicht Notwendigkeit –
Und von fern es schon besieget
Alles „Muß" und Leid.

Düster liegt die Welt mir da,
Wie ein ödes Meer,
Aller Welten End' ist nah',
Und es reizt mich sehr.

Kanarienvögleins Traum

Es bettet sich das Vögelein
In seinen eignen Flaum,
Es hüllet sich das Köpfchen ein,
Und träumt den schönsten Traum.

Vom blauen Himmel lebenslang,
Vom dunkelgrünen Hain,
Von seinem eigenen Gesang,
Harmonisch klingend, rein.

Von einer schönern, bessern Welt,
Bei stetem Sonnenschein,
Aus Morgenrot gewebt ein Zelt,
Darunter Groß und Klein.

Des Sängers gleichgestimmte Brust,
So treu und hochgesinnt,
In Wonne, überirdscher Lust,
Vereint die Sänger sind.

Ein schön Duett, so kühn und zart,
Wird aufgeführet bald,
Kein einz'ger Mißton, rauh und hart,
Aus ihren Kehlen schallt.

Nur Himmelslicht, Gerechtigkeit,
Nur Klarheit – Himmels Bild,
Verschwunden Unbill, Neid und Leid,
Nur Englein strahlend mild.

Kanaria's Flug, Kanaria's Traum,
Im Himmel Sieben schwebt,
Erwachend aus dem eignen Flaum
Das Vöglein sich erhebt.

Des Käfig's Wand, des Käfig's Luft!
– Das Vöglein faßt sich schnell:
Die Wirklichkeit ist enge Kluft,
Der Traum ein Lebensquell.

Frauenbild

Auf dem weichen, grünen Rasen,
Kniet ein Frauenbild,
Ihre Arme gegen Himmel,
Lächelt sie so mild.

Sanft sich ihre Lippen regen,
Lispeln hörbar kaum,
Ihre Blicke schweifen trunken
In des Himmels Raum.

„Großer Gott, Du hast willfahret
Meinem still' Gebet –
Großer Gott, nur Dank und Freude
Sei vor Dir gefleht!"

Englein steigen auf und nieder,
Und der Morgen graut,
Und das Herz der Jungfrau bebet,
Und die Rose taut.

Einen Blick noch zu dem Himmel,
Einen Dankesblick,
Einen Blick erhabener Klarheit,
Ruh' und Seelenglück.

Und das Haupt die Jungfrau birget
In dem weichen Gras,
Andachtsschauer hebt die Seele,
Und ihr Aug' wird naß.

„Gieb mir eins noch, Gott der Gnade,
Laß mich dankbar sein,
Treu und dankbar, Gott der Gnade,
Und mein Herz bleib' rein!"

Wißt ihr wohl, wer so erglühet
Sprach das Dankgebet?
Die's gewesen, lieber Leser,
Selber vor Dir steht.

*

Unbegriffen, unverstanden,
Seh' ich sehnsuchtsvoll mich um,
Fragend all' das Welten Chaos:
Und das Chaos bleibet stumm.

O erkläret mir das Rätsel
Der umringenden Natur,
Zu den Wundern zeiget, gebet
Mir nur eine einz'ge Spur!

Der Leuchtturm

Ein Morgen, ein schöner Morgen bricht an,
Ein Morgen voll goldener Sonnen!
Es reifen die herrlichsten Früchte alsdann,
Von ewiger Dauer umsponnen.

Ein Morgen, ein schöner Morgen bricht an,
Ein Morgen voll goldener Sonnen,
Wann bricht er, wann bricht jener Morgen an,
Dess' Morgenrot noch heut nicht begonnen?

Der Morgen, der golden dem Weltteil gleicht,
Entdeckt in großen Gedanken,
Der mutige Denker, der ihn kühn erreicht,
Er trat mit der Welt in die Schranken.

Der Morgen, der goldne, dem Leuchtturm gleicht,
Erspähet auf brandigen Wogen,
Ob Brandung das Schiff, das Schiff ihn erreicht –
Das Licht, es hat nimmer gelogen!

Die Nacht ist da und die Brandung ist da,
Der Leuchtturm, er strahlet von Ferne,
Ob wir uns ihm nahen, ihn sehen von nah –
D'ran zweifle ich – Gott weiß es – nicht gerne!

Doch, daß ihn dereinst – ja, daß ihn dereinst
Das Schifflein noch jubelnd begrüße, –
O künftige Mannschaft, ich weiß es – Du weinst –
Alsdann erst die Träne, die süße.

Der früheren, vorigen Mannschaft geweiht,
Die strandend das Licht noch erblickte;
Das herrliche Licht der Brüderlichkeit,
Trotzdem sie die Finsternis drückte.

Die Zugvögel

Lieben Vöglein, singet ihr,
Was und welches Lied?
Ob vom kalten Norden hier,
Ob vom heißen Süd?

Ob von Schneelawinen nur,
Wo die Raben schrei'n,
Oder wo auf Kaktus Flur
Kolibri's gedeih'n?

Ob wo Eichenblätter weh'n,
Herbstlich rosenrot,
Oder wo auf Baumes Höh'n
Wächst das Wunderbrot?

Heißer Süden, kalter Nord,
Sag't, wo's besser ist,
Sag', mein Vöglein, sag' auf's Wort:
Wo Du lieber bist!

Am Scheidewege

Weicher wurden meine Saiten,
Ernster ward mein Blick,
Sprich, wie soll ich Dich mir deuten,
Rätselhaft Geschick?

Bessere Gefühle ringen
Sich in meiner Brust,
Besserem wird schwer Gelingen –
Schadenfrohe Lust!

Nicht mehr grad' wie Pol zum Pole
Fass' ich's im Begriff,
Von dem Scheitel bis zur Sohle
Gleicht's unsichrem Schiff.

Aus dem positiven Grunde
Ward ein Frührotschein,
Trau' mein Urteil kaum dem Munde,
Könnte irrig sein.

Als da leuchteten die Sterne,
Holden Glückes Schein,
Fand' ich in der weit'sten Ferne
Jeden Punkt allein.

Wie mit Seherblick begabet,
Traf ich Alles recht,
Ob ihr Falsches, Böses gabet,
Kannt' es gleich für schlecht!

Helle Sterne untergingen,
Dunkel mich umgiebt,
Wolken lagern auf den Dingen,
Kenn's nicht, was mich liebt.

Kann es schwer nur unterscheiden,
Was da falsch, was echt, –
In der Finsternis der Leiden,
Wird das Auge schlecht.

Kehret wieder, gold'ne Sterne,
Holden Glückes Schein, –
Daß ich finde in der Ferne
Jeden Punkt allein.

Zur Erinnerung

Vergißmeinnichtblüten
Zu pflücken am Strand,
Dem Bächlein gebieten
Mit kindlicher Hand!
Den Nachen zu lenken,
Und wieder zurück,
Die Blüten verschenken
Mit großmüt'gem Blick.
Das waren die Spiele,
Das kindliche Glück,
O, ruft mir Gefühle
Der Kindheit zurück!

Vogelin-Prinzeß

Es war einmal ein Vögelein,
Kanaria von Geschlecht,
Es war so schön, so gelb, so fein,
Wie's Vögeln eben recht.

Doch ach, das arme Vögelein
Im goldnen Käfig saß,
Und mit den kleinen Aeugelein
Den großen Himmel maß.

Ein frecher Sperling flog vorbei
Und sang ihr zum Exzeß:
„Ich lieb' Dich bis zur Raserei,
„O, Vogelin-Prinzeß!"

„O, Vogelin, Dein Köpfchen klein
„Gefällt mir gar zu gut!"
Da kocht des stolzen Vögelein
Kanarisch heißes Blut!

„Ich mag Dich nicht, ich brauch' Dich nicht,
Mir ist nach Dir nicht bang,
Wohl sehn' ich mich nach Himmelslicht,
Und nach des Künstlers Sang!"

Doch nach des frechen Sperlings Lied
War mir noch niemals bang,
„Denn – singt sie himmlisch – nie erglüht
Mein Herz bei niedrem Klang!" –

*

Selbst noch eine Menschenblüte,
Trug ich Kummer im Gemüte,
Groß genug für eine Welt.

Jeder Wahn, der sie betörte,
Den sie – grausam – hoch verehrte,
Diese kleine Menschenwelt. – –

Sieh, er ward in mir zur Wunde,
Schmerzend, blutend jede Stunde,
Immer tiefer dringend ein. –

Fremdes Leid und eigne Schmerzen
Trug ich in dem weichen Herzen,
Wandte aufwärts meinen Blick:

Helfen wollt' ich, lindern, retten,
Glück an dieses Weltall ketten,
Rosig bilden sein Geschick.

Solche Freuden, diesen Segen,
Betend sich die Lippen regen,
Gott mich's ahnen ließ! –

Innere Stimme

Der sonnige Morgen, der bläuliche Teich,
Die lockigen betaueten Reben,
Sie spiegeln mir wieder, an Reizen so reich,
An Wundern, das herrliche Leben!

Den Gott im Herzen, die eherne Macht, –
So wandle ich voll Hoffnung auf Erden,
Es spricht in mir laut, die Allmacht sie wacht,
Die Hoffnungen werden Dir werden.

*

Nur allein kann ich erstarken,
Nur allein sprießt mir die Kraft,
Tret' ich in des Kampfes Marken,
Mit des Mutes Eigenschaft.

Sag' ich los mich jedem Jammer,
Jenem tiefen Seelenweh,
Gürte meine Lenden strammer
Und gepanzert fest ich steh'!

Fest wie eine Memnonsäule,
Unter mir den Staub der Welt,
Ob mein Blick auch drauf verweile –
's ist der Blick von einem Held.

Fest wie eine Memnonsäule,
Schwarzer Marmor ist mein Kleid,
Doch nicht müßig ich verweile,
In der Wüsten Einsamkeit.

Pflegend nicht wie jener König
Von Aegypten, feiger Ruh,
Der ist gar nichts oder wenig,
Der dem Bösen siehet zu. –

In die Enge, in's Gedränge
Stürz' ich mich mit lautem Klang,
Singe vor der ganzen Menge
Ew'ger Wahrheit großen Sang.

*

Willst Du nach den Sternen fragen,
Werden sie Dir Antwort sagen?
Schönheit freilich ist es nicht,
Was nur aus dem Staube spricht.

Schön ist nur das Große, Reine,
Meer und Feuer, Sonnenscheine,
Schön ist auch Vergißmeinnicht
Und ein treues Augenlicht!

Alles Gute, Rechte, Biedre,
Aber alles Andre, Niedre,
Häßlich, scheußlich, ekel ist,
Duftig nimmer ist der Mist.

Hoffnungsschimmer

Hoffnungsschimmer, Licht des Lebens,
Lösche niemals gänzlich aus,
Dunkler wird's sonst in dem Herzen
Als im düstern Erdenschoß!

Sieh, der Frühling ist Dein Abbild!
Wenn das erste Grün ersprießt,
Dann die Seele, hell vor Freuden,
Dich in ihre Arme schließt.

Lockst selbst Kinder in die Weite,
Sei ihr Wünschen auch gering,
Sei's auch nur ein kleines Blümlein,
Dem das Aug' mit Lieb' anhing.

Sprichst Du nur: ihr werdet's finden,
Freudig sind sie gleich bereit!
Liebe Hoffnung täusch' sie nimmer,
Mit den Kindern hab' Mitleid!

Leucht' auch mir voran auf Erden,
Leit' mich bis zum Jenseits hin,
Zum Gestade voller Hoffnung, –
Wo enthüllt der Hoffnung Sinn! –

*

Nicht bei der Leidenschaft trübem Feuer,
Nur bei der Weisheit hell strahlendem Licht,
Schaue die Dinge, die Gott erschaffen,
Das Wie und das Wann, – das ergründest Du nicht.

Schaue die Wunder, – die großen und kleinen –
Leuchtende Sterne in düsterer Nacht!
Doch verschmäh' ob des Glanzes von 1000 Sonnen
Keinerlei Röslein's bescheidene Pracht.

O Mensch, Du trittst mit Füßen tausend Wunder,
Und tausend Wunder, sie umgeben Dich.
Und tausend Wunder in den Lüften fliegen,
O Mensch, und Du beklagest Dich?

Knie nieder in dem weiten Welten-Raume,
Ist's Tag, so knie im gold'nen Sonnenschein,
Ist's Nacht, hoch über Dir die Sterne leuchten,
Und Dein Gebet sei Dank allein!

Phantasie

Die sanften, blauen Lüfte, sie flüsterten mich ein,
Mir träumte, ich sei auf Erden, ganz mutterseelen-
allein,
Es war so bunt und üppig, es war so frisch und grün,
Ich sah zum ersten Male purpurne Rosen blüh'n!

Ein buntes Heer von Blüten umgab das Rasenland,
Vergißmeinnicht und Epheu sich um die Felsen
wand,
Und tief aus hohem Grase, da schauten lieblich
scheu
Hervor die blauen Veilchen, so schüchtern und
so treu.

Es wiegten in den Wipfeln der hohen Palmen sich
Die schönsten Papageien und grüßten jubelnd mich:
Mein Herz schlug laut und lauter, doch ich vernahm
es nicht,
Denn voller Freud' und Staunen sah ich ins
Sonnenlicht!

Sah ich zur Erde nieder, zu allen Blumen hin,
Und fühlte wonnetrunken, daß ich so selig bin.
Die frischen, jungen Rosen, die Lilien weiß und schlank,
Die tausend kleinen Blüten, und all der Vögel Sang;

Sie schienen mir zu sagen, sie hätten auch ein Herz,
Sie wollten mit mir fühlen und teilen Freud' und Schmerz!
Zwei Nachtigallen riefen einander liebend zu,
Und dem Gesange folgte harmonisch tiefe Ruh'!

Ich sah die Sonne scheiden mit trübem Angesicht,
Ich wußt' nicht, was es wäre, und sah ins Mondenlicht,
Die Schmetterlinge flogen zu Myrtenbüschen auf,
Ich blickte immer höher und sah der Sterne Lauf.

Verwundert und erhoben, schaut' endlich ich ins Herz,
Und fühlte drin vereinigt die Sehnsucht, Lieb und Schmerz,
Da fragt' ich mich ganz ernsthaft, wer schuf dies Schöne, sprich,
Sprich, Seele, Herz, o sage: erschufst Du selber Dich?

Da rauscht es in den Palmen, mich faßt ein
selig Weh!
Wer schuf mich und was bin ich, wer schuf das,
was ich seh'?
Mein Auge hatte Tränen, vernehmlich rief's in mir:
Er schuf aus Liebe alles, Er schuf das Herz in Dir!

Gerecht ist Er und weise, die Größe ist nur Er,
Und heilig ist sein Name, er lautet Ewiger!
Erhebe Dich, erkenne, wie er unendlich gut,
Doch mehr kannst Du nicht wissen, Du klebst an
Fleisch und Blut

Du kannst das nie ergründen, was unergründlich ist,
So wie Du nicht ergründest, wie tief die Tiefe ist. –
Nur leise wehten Zweige durch blaue Frühlingsluft,
Des Mondes bleiche Helle schien in die Felsenkluft.

Ich war bewegt und setzte mich an des Meeres
Strand,
Sah' in die Höh' und Tiefe, sah in der Wellen Brand;
Gerührt und dankerglühet, rief ich: „O Allmacht
mein,
Die Gnade und Erbarmen und Liebe, sie sind
Dein!“

Ich weinte Freudentränen, schon schien das Dämmerlicht,
Der Tau sank auf die Palmen, wie auf's Vergißmeinnicht,
Da kam der Morgen wieder, vorüber war die Nacht,
Mich dünkt, als wenn ich schliefe, – ich war erst aufgewacht!

Der Sinn der Ferne

Erd' und Himmel rollen in einander,
Nur ein einzig Sternlein blinket noch,
Wie ein blaues Aug' im dunklen Wetter
Strahlt es an dem Himmelszelte hoch.

Jenes Sternlein birget ferne Welten,
Und Dein Blick, er trägt Dich sonnenweit.
Wer rief jenen Stern und jenen Sinn der Ferne
In das Leben unsrer Wirklichkeit?

Mast und Segel schwimmen auf dem Meere,
Wer schafft dieses Ungewitters Sturm?
Und die Schlange in den schwarzen Wolken,
Und den kleinen roten Totenwurm?

Menschheit unter Würmern, steh' mir Rede,
Armes undankbar – verwöhntes Kind.
Trägt der Zufall meilenweit die Blicke,
Ist's nur Zufall, daß wir sterblich sind?

Unser Jammer bürgt für Ewigkeiten –
Und das offne, nimmersatte Grab!
Doch ein Gott erschuf den Sinn der Ferne,
Und wir sinken drum getrost hinab. –

*

Tausend Mücken tanzen in der Sonne,
Tausend Sonnen in des Himmelsraum,
Bürgt für Wirklichkeit nicht das Gescheh'ne?
Ist die Größe klein genug zum Traum?

O selbst Traumgebilde, sie sind Wahrheit,
Träumerisch nur von uns zusamm'gestellt –
Was nie war, wird von uns nicht geschaffen –
Aus dem Nichts schuf Gott nur eine Welt! –

Für die Ostpreußen

Düstre Nacht und lange Schatten
Ueber Land und über Meer,
Auf des Vaterlandes Matten
Schleicht das Elend hin und her.

Düstre Nacht und lange Schatten
Ueber Land und über Meer,
Die Gestalten, bleichen, matten,
Rücken immer, immer näh'r! –

Da – ein Leuchten längs des Meeres –
Ach, der Liebe Sonnenschein,
Stärker als die Macht des Heeres –
Rücket in die Nacht hinein.
Spricht zum Elend: horch, ich lehr' es,
Daß zuletzt der Sieg doch mein!

Ausdauer

Wenn ich so in Unruh' lebe,
Zwischen Angst und Hoffnung schwebe,
Sagt mir Etwas: habe Mut,
Noch 'ne Weile, dann wird's gut.

Einst noch, ja auf Erden hier,
Wird ein Ruhehafen Dir,
Wie Oase in der Wüste,
Leuchtet Dir die schöne Küste!

Und zu diesem sichern Port,
Auf zu diesem Wonneort.
Werden Angst und Qual und Bangen –
Diese Fluten nie gelangen!

Dort Du auf vergang'ne Stürme,
Die vor Dir einhergebraust,
Wie auf kleine Kartentürme
Gleichgültig herniederschau'st.

Ja, es wird Dir Freiheit, Frieden,
Wonn'ge Ruhe noch hienieden,
So ward es von Gott beschieden:
Sei indes damit zufrieden!

*

Das Paradies verschwand,
Die Erde vor mir stand
Ganz schwarz und anzubau'n:
Mich fast ein tiefes Grau'n.

Doch faßt ich mich geschwind,
Und rasch wie Seltne sind,
Ward ich ein Ackersmann
Und fing die Arbeit an.

Bald ward die Erde grün
Und tausend Blüten blüh'n,
Das Paradies – von Neu –
Erstand, bei meiner Treu! –

Arglos und harmlos

Arglos und harmlos,
Durchs Leben hin,
Kommt mir das Böse
Nicht in den Sinn!

Arglos und harmlos,
Glücklich ich bin,
Hör' ich das Böse,
Denk ich nicht hin!

Und kaum ist's verhallt,
Vergess' ich es bald,
Vergesse, um zu vergeben,

Vergebe, um zu erheben
Zum reinen Leben
Durch gütige Gewalt.

Dem Kaiser Wilhelm I.*

Staunest ob der Alpenhöhe,
Sinkest nieder vor den Sternen,
Vor dem Glanz des Meteores
Aus den unbegriffnen Fernen;

Staun' nicht ob der Alpenhöhe,
Sink' nicht nieder vor den Sternen,
Vor dem Glanz des Meteores
Aus den unbekannten Fernen:

An und für sich sind sie wenig
– Wahre Größe wohnt im Geist –
Staune an den großen König,
Den mit Recht man „Ersten" heißt –
Jeder Zoll ein Kaiser-König,
Der die Völker mit sich reißt!

*

* Als nach Einreichung meiner Denkschrift über die Notwendigkeit einer längeren Frist vor der Bestattung an den großen Kaiser sämtliche Regierungen veranlaßt wurden, schleunigst zu berichten, in welchem Umfange in ihrem Verwaltungs-Bezirk für die Einrichtung von Leichenhäusern Sorge getragen ist.

(Denkschrift bei *W. G. Korn,* Breslau)

Poesie ist Leben,
Prosa ist der Tod,
Engelein umschweben
Unser täglich Brot.

*

O sieh, wie sich's türmt,
Die Welle sich bäumt,
Das Ufer ergrünt,
Von Blumen besäumt.

Es näh'rt sich das Boot,
Die Woge sie schäumt,
Das Mägdlein da drin,
Das Mägdlein es träumt!

Und über dem Haupt,
Am Himmel aufwärts,
Ein Zeichen von Gold,
Ein flammendes Herz!

*

Es ist mir so federleicht um's Herz,
Versunken ist der wilde Schmerz,
Und wenn's mir so im Innern glüht,
Sing' ich euch bald ein neues Lied:

Ein blaues Aug', ein goldner Stern,
Ein rotes Wölkchen himmelsfern,
Ein Freundes Herz, ein treuer Blick,
Ein menschlich rühmliches Geschick.

Die Welle steigt, die Welle sinkt,
Ein brauner Nachen freundlich winkt,
Ein frischer Ruderschlag ertönt!
Wie man sich dort nach Sängern sehnt!

Ade, ade, Du grüne Welt!
Der Sänger ist der wahre Held,
Greift er in seine Saiten ein,
Stimmt bald die ganz Seele ein!

Die ganze Welt, sie stimmt mit ein,
Die Welt ist sein, die Menschen sein,
Ade, ade, Du grüne Welt,
Der Sänger ist der wahre Held!

Die ganze Welt, sie stimmt mit ein,
Die Welt ist sein, die Menschen sein,
Ade, ade, Du grüne Welt,
Der Sänger ist der wahre Held!

Gemälde

Siehst Du die grünen Täler,
Das dunkle Abendrot!
Die schäumend, weißen Wellen,
Darauf das kleine Boot? –

D'rin sitzet die Geliebte,
Ein Engel wunderhold,
Mit klaren, großen Augen,
Das Haar so licht wie Gold.

An den Kaiser Friedrich III.,
damaligen Kronprinzen Friedrich Wilhelm

Eilst von Sieg zu Siege
Pfeilschnell wie Achill,
Held in jedem Kriege,
Sprichst Du nur: ich will!

Fliehen Feindesheere
Und ergeben sich,
Werfen weg die Speere,
Unterwerfen sich!

Doch in Deinem Ruhme,
Dicht im Lorbeer, wächst
Noch 'ne große Blume,
„Menschlichkeit" zunächst. –

Drum gewähre heute
Was der Dichter fleht:
„Wenn des Todes Beute,
Feld von Leichen steht. –

Die Gefallenen lasse:
Ob auch scheinbar tot –
Oft der Toten Masse
Manch' Lebend'gem bot! –

Die Gefallnen lasse
Nicht vergraben bald,
Heldenmienen, blasse,
Sterben nicht sobald: –

Daß nicht in der Tiefe
Solch ein Held erwacht,
Und nach Hilfe riefe
In dem finstern Schacht!"

An Denselben

Die großen Blätter der Geschichte fallen,
Das eine, Prinz, es ist ganz voll von Dir,
Und alle Herzen, es erobert's Dir,
Und später Nachwelt wird es noch gefallen.

Wer sich des Schicksals wie des Sieg's bemeistert,
Gekröntes Leben in die Schanze schlägt,
Ein großes Herz im Heldenbusen trägt,
Zu aller Zeit der Menschen Sinn begeistert.

Drum Heil dem Tage, Prinz, der Dich geboren,
Du selber gleichst fürwahr dem goldnen Tag,
Dem Sonnengott vor Akropolis Toren!

Doch auch dem Aar mit kräft'gem Flügelschlag,
Dem Preuß'schen Aar vor unsren Siegestoren:
Daß Dich die Siegesgöttin stets begleiten mag!

Zu einem Gemälde für Kaiser Friedrich III. nach dessen Tode

Bist als Meteor erschienen
Unsrer kalten Wirklichkeit,
Ach erschienen und entschwunden
Allzufrüh zur Ewigkeit.

Gab'st die Liebe zur Parole,
Zum Panier Gerechtigkeit,
Daß sie eine Wahrheit werde
Die erträumte Menschlichkeit.

Schön erwärmet ward die Erde,
Neu erstand das Ideal
Von des Dritten Friedrich's Geiste
Seines Herzens Sonnenstrahl.

Dritter Friedrich, Du wirst leben,
Hier und dort der Edle lebt.
Nievergessen wird auf Erden
Wer schon hier zum Himmel schwebt.

*

Kleine Blüten, Röselein,
Alle unschuldvoll und rein,
Wählte tief bewegt ich aus,
Ach, zu einem Abschiedsstrauß.

Ferne sang ein Vögelein:
Menschenherz, so groß und klein,
Buntester Gefühle Strauß,
Schaust so treulich heute aus!

Vögelein, Dein Lied ist wahr,
Dankestreue in mir weilt,
Beten werd' ich immerdar:

Jenen, der heut von uns eilt,
Gott im Himmel ihn bewahr'
Aller Orten, wo er weilt!

*

Vöglein auf den grünen Zweigen,
Die sich auf- und abwärts neigen,
Freude hebet eure Brust,
Klopfen hör' ich sie vor Lust!

Frühlingswonne, Schwalben, Lerchen,
Laut Geklapper unter Störchen,
Wiedersehen, Reiselust,
Hohe Freude in der Brust.

Gönnet mir Die Freudenfeier,
Meine Seele atmet freier,
Herr im Himmel, habe Dank
Für den innern Festgesang!

*

Hebet hoch die freien Schwingen,
Laßt euch nicht vom Feind berücken,
Hilfe kann der Morgen bringen,
Und die Bosheit geht in Stücken.

*

Zu des Orkus finsteren Gewalten
Lege ich mein lebensmüdes Haupt,
Ungeheuer, öffne deine Falten,
Viel hab' ich gestrebt und viel geglaubt!

Jung und kräftig, und vom Mute strahlend,
Lebenswarm die Brust, das weiche Herz:
Mitwelt, Deine Schuld bezahlend,
Sticht die Nachwelt einst mein Bild in Erz.

*

Ist die Weihe denn gewichen,
Sind die Blumen all verblüht,
Ist der duft'ge Schmelz gestrichen?
Ach, ein dichter Nebel zieht!

Und in diesen eingehüllet
Lichtlos scheint der Horizont,
Keine Sehnsucht wird gestillet
Keine Blüte, die sich sonnt.

*

Hab ich Dich bisher geleitet,
Wanke nicht an meiner Hand,
Sieh, der Teppich ist gebreitet,
Und es grüßt das Uferland.

Und es lächeln alle Sterne,
Und die schön're Sonne winkt, –
In der Nähe, in der Ferne
Dich der Allmacht Arm umschlingt. –

*

Ein purpurnes Röslein auf grüner Au,
Ein güldenes Sternlein am himmlischen Blau,
Ein singendes Vöglein auf schwankendem Ast,
Sag' an, was du Schönres zu zeigen hast?

Gar schön ist solch' Röslein auf grüner Au,
Gar prächtig solch' Sternlein am himmlischen Blau,
Gar frei ist das Vöglein auf schwankendem Ast,
Und Freiheit und Schönheit zusammen wohl paßt!

*

Als ich heut so bitterlich
Tief vor Gott geweinet,
Da – ein kleines Vögelein
Meinem Schmerz sich einet;

Flog zu mir bis an den Sims
Meines Fensters treulich:
„Weine nicht, Du Herzensmaid,
Schrecklich ist es freilich."

Also sprach das Vögelein
Mit den braunen Blicken:
„Einstens wird es besser sein!" –

Und mit Kopfesnicken
Breitet es die Flügelein,
Und entfloh den Blicken.

*

Alles Träumen
Tauget nichts,
Wert ist's kaum
Des Stückchen Lichts.

Alles schwindet
Um uns her,
Groß ist nur der
Vergangenheit Meer. –

Tief gelegen
Hinter mir,
Ist der Traum,
Der goldne mir.

Alles Träumen
Tauget nichts,
Wert ist's kaum
Des Stückchen Lichts.

*

Heiße Tränen fließen, rauschen,
Ueber mein Gesicht,
Ob die Englein ihnen lauschen!
O, ich zweifle nicht!

Bin so öde, bin so trübe,
Melancholische Gestalt,
Wenn es nur nicht also bliebe,
Glühend heiß und kalt!

*

Frühlingslüfte wehen leise,
Traurig ist das Herz,
In der unbewußten Weise,
Doch verwandt dem Schmerz.

Bunte Schmetterlinge fliegen
Zu den Blüten auf,
Nächst der Blüte kriecht das Würmlein,
Lauert schon darauf! –

Ist auch schön die Außenseite, –
Inn'res ist nicht – süß:
In der Welten Läng' und Breite
„Bitter" – man es hieß!

*

Habt ihr mir es gar verleidet,
Dieses kleine Leben, ach,
Wenn mein Geist einst von euch scheidet,
Sag' ich euch nichts Gutes nach.

Denn das Aller-Allerbeste
Trug ich glücklich in der Brust,
Freudig glich sie einem Feste,
Täglich feiernd neue Lust!

Und die frohen Blüten alle
Breitete ich vor euch aus:
Wieder gabt ihr mir nur Galle,
Machtet traurig, ach, mein Los!

*

Alles grünt und Alles blüht,
Aber nicht in meinem Herzen.
Ach, in meinem Herzen glüht
Nur das Morgenrot der Schmerzen.

Lawinenmasse

Wie die Lawinenmasse stürzet
Sich die Sorge auf das Herz,
Gleich des Weltmeers hoher Welle,
Schwarz und weiß und grau wie Erz. –

Kummer steigst du auf und nieder,
Und verschlingst die Freude wild,
Und entrollst mit Sturmesschnelle
Der Verzweiflung wirres Bild.

Frage

Dieses Leben liebst Du noch?
Diese wechselvolle Pein?
Dieses schmerzerfüllte Sein?

Antwort

Ach, man liebt es heimlich doch! –

*

Dunkle Veilchen, weiße Blüten,
Aller Seelen Freudenfest!
Stimmen aus dem Saitenspiele
Nie verklungner Harmonie! –

Tränen könnet ihr entlocken
Aus der tiefsten Seele mir,
Doch gemischt sind diese Tränen:
Freuden auf des Schmerzes Grund! –

*

Dorten winkt ein neuer Morgen,
Dorten bin ich wieder „ich“,
Nicht allein und ganz geborgen
Find’ ich meine Mutter, Dich!

*

Was ich Hohes je geträumt,
Was ich Sinniges gedacht,
Was sich mir im Geist gereimt,
Wenn die Seele hat gelacht.

Alles, Alles ist verklungen,
Sieht mich fast gespenstisch an,
In den Abgrund ist’s gesprungen,
Funkelt wie ein Feuermann! –

In der Schweiz

Unter Felsen wandelst Du,
Unter Träumen wirkest Du,
Wandle, wirke immer zu,
Doch das Herz find’t keine Ruh.

Nicht die Wüste, nicht der Strand,
Nicht die Küste, nicht das Land
Bringen es zum Schweigen,
Wenn der Schmerz sein eigen.

*

Kennst Du nicht das Licht des Lebens,
Kennst Du seine Schatten nur,
Nicht des Lebens goldne Sonne,
Nur des düstern Nebels Spur?

Zage nicht, die Truggestalten
Schwinden hin gleich eitlem Schein,
Dorten wird die Tugend leuchten,
Und das Blendwerk dunkel sein!

*

Hoch auf der Berge Gipfel
Vergess' ich die ganze Welt,
Der Selbstsucht breite Wipfel,
Die Bosheit und das Geld.

In kleiner moosiger Hütte,
Da leb' ich so wohlgemut
Voll Gottesfurcht im Herzen,
Im Herzen froh und gut.

Der Morgen hört mich beten,
Der Abend den Gottesdank,
Es ernten diejenigen, die säeten,
Ihr ganzes Leben lang.

*

Es grünen die Bäume des Waldes,
Es kündigt der Frühling sich an,
Hinweg mit dem frostigen Winter,
Der Frühling ist ein sanfter Mann!

Die langen goldnen Strahlen,
Sie sind wie ein langes Haar!
Die Veilchen im tiefen Grase
Sind blau, wie ein Augenpaar!

*

Kannst Du zweifeln, kannst Du zagen?
Blick nach jenem „großen Wagen“,
Wovon jeder Himmelszoll
Von Myriaden Welten voll.

Myriaden Welten, Sonnen,
Ewigkeiten, ew’ge Wonnen,
Heil’ge Gottheit, höre mich,
Tief im Staube preis ich Dich!

Lied

Wird auch das Leben
Manchmal so schwer,
Lächelt die Liebe
Von oben doch her!

Lächelt die Liebe
Von oben hinein,
Dürfen die Herzen
Nicht kummervoll sein!

*

Ich lehn' am Fensterkreuze,
Es schmerzet tief in mir,
Die alt' und frischen Wunden
Sie alle bluten mir.

Doch Eines – sanft balsamisch,
Es ziehet drüber hin,
Daß ich an allen Wunden
Unschuldig bin.

*

Laßt mich in die Wüste eilen,
Wo die siebzig Palmen sind,
Dort in der Oase weilen
Wo die Quelle ewig rinnt.*

Dort in jenen schlanken Bäumen
Mit dem großen Geist allein
Will ich Alle glücklich träumen
Und will selber glücklich sein.

*

* Exodus, Kap. 27.

Der Dichter lebt im Traume,
Er spielt im Weltenraume
Mit Zeit und Ewigkeit –
Verscherzet Glück und Zeit!

Und wenn er nichts erzielet
Als das, was er gespielet,
So ist's doch immer Viel,
Denn wertvoll ist sein Spiel!

*

Wer die Bangigkeit
Jemals hat gefühlt,
Jene Ewigkeit,
Die im Schmerze wühlt –

Der nur, der allein
Kennt die ew'ge Macht:
Ueber seinem Sein
Hat sie doch gewacht. –

*

Es flammet das herrlichste Sonnengold
Im Westen – die Sonne geht unter –
Der grünende Teppich ist aufgerollt,
Er strotzet voll Blumen, voll bunter.
Ein Mensch in Gedanken im Schatten steht
Und fühlet im Herzen ein froh Gebet.

Er kehrte zurück aus dem Menschen-Gewühl
Der Städte – das Herz entzweit und zerrissen,
Verletzt und verwundet sein innigst Gefühl,
Gerettet allein sein Gewissen. –
Und kaum, daß er einsam drei Tage weilt –
Sein Herz, sein Gefühl sind plötzlich geheilt.

Das Ideelle

Wie die Rose unter Dornen
Steht das Ideelle jetzt,
Nur das scheußlich Materielle
Kommt zuerst und kommt zuletzt!

Wird gepredigt aller Orten,
Als Vernunft, Gebot der Zeit,
Und mit Beispiel und mit Worten
Macht es überall sich breit.

Aber, wie die Röslein blühen,
Ungetrübt und ewig rein,
Trotz der Dünste, die da ziehen, –
Bleibet alle Schönheit sein.

*

’s ist ja alles nur ein Träumen,
Nur ein silberweißes Schäumen
Von dem Meere, das erst wird.

Wie ein Degen, der da klirrt,
Eh’ er aus der Scheide irrt
Zu den tatengroßen Räumen.

Wie der Aar die Schwingen hebt,
Wenn er noch im Neste lebt,
Eh’ er auf gen Himmel schwebt.

*

Du siehst das Vöglein in den Lüften fliegen,
Die kleinen Blüten auf dem Rasenland,
Die Käfer schwirrend in den blauen Lüften
Und mitten hin des Stromes Silberband!

O freu Dich! denn nur durch Wunder
Schwebt in der Luft das Vögelein,
Die Blüten und der Strom sind Wunder!
Wo Wunder sind, muß Gottes Tempel sein! –

*

Es scheint der Mond so helle,
So silbern strahlt der Mond,
Ich stehe an der Stelle,
Wo all mein Lieben wohnt!

Ich stehe still und segne
Den Platz, das Haus, die Luft,
Daß niemals drin begegne,
Was Schmerz und Tränen ruft.

*

Der Lorbeer sprießt!
Sei mir gegrüßt,
Du liebes Blatt!

Erkoren bist,
Was edel ist
Zu krönen Du!

Der Böse haßt,
Das Laster praßt,
Der Dichter denkt –

Im Traume schenkt,
Im Traume senkt
dies Blatt sich seinem Haupt!

*

Grüne Zweige, goldne Frucht!
Wer sie findet, wer sie sucht!
Kennst Du ihren tiefen Sinn?
In der Seele wohnt er drin. –

Grüne Zweige, goldne Frucht!
Wer sie findet, wer sie sucht!
Suchen, finden wirst du sie,
Brechen, ach, auf Erden nie. –

*

Sag', was hängst Du so daran
An dem ird'schen Wahn?
Sieh das Glück in Wahrheit an,
Gleicht es schwankem Kahn. –

Schaukelt auf den Wellen sich,
Gleitet hin und her,
Schwebet leicht veränderlich
Auf des Lebens Meer. –

*

O mag ein Engel Dir die Schrift diktieren,
Daß jedes Wort mir Wonne sei und Lust,
Ein Engel Deine Feder führen,
Ein Zauber drinnen leben unbewußt!

Damit, wenn ich das Siegel löse,
Das Glück sich ungetrübt daraus ergießt,
Und keine Wolke, keine böse,
Mein Geist von Deinem Geiste liest.

*

Unter mir die tausend Plagen
Unsrer Kleinigkeit,
Ueber mir die großen Fragen
Unsrer Ewigkeit.

Neben mir der Rosenschimmer
Goldner Poesie,
Schlag't das Saitenspiel in Trümmer, –
Sie zerstört ihr nie!

*

Es schwebt mir auf der Zung' ein Lied,
Ein frohes, sinnig Lied,
Es wächst so rasch, es grünt, es blüht,
Ging ich, so ging's, schied ich, es schied.

O goldnes Lied, geboren kaum,
Gedankenschwerer junger Traum,
Fürwahr Du bist von Gott gesandt,
Des Himmels süßes Unterpfand!

*

Das Leben träumt, der Traum er lebt!
Seht, wie er hoch am Himmel schwebt,
Des Dichters Traum, des Dichters Sang,
Es ist der Wahrheit goldner Klang!

*

Schwarze Wolken, graue Wolken,
Grau der Kummer, schwarz der Kampf,
Sieh', dort unter grünen Bäumen
Steigt herauf ein weißer Dampf.

Blauer Himmel, goldne Sterne,
Güt'ger Allmacht Zauberlicht,
Strahlend, wachend in der Ferne,
Herr und Gott verlaß mich nicht!

*

Es scheint der Mond ins Zimmer,
Ein Sternlein strahlt in's Haus,
Ich denke nach, wie immer,
Ach nicht an Saus und Braus.

Ich denk' an all das Schöne,
Die große Illusion,
Der Täuschung Meistertöne –
Ein jeder kennt sie schon.

Was ihr das Herz erzählte,
Das süße Märchen, schön,
In Worten lieb gewählte, –

– Doch wild auch gleich dem Föhn
Wie Saiten, hart gestählte –
Ein flüsterndes Gestöhn.

*

Und hätte ich nicht im Herzen
Den großen Trost aus der Höh',
Ich wäre ja längst vergangen
Vor Kummer und schwerem Weh!

Und hätte ich nicht den Glauben
An Gottes Barmherzigkeit,
Ich wäre ja längst erlegen
Der Bosheit, dem albernen Neid!

*

Tröstend senkt die Poesie
Sich auf meine Seele,
Ihren Schleier hebet sie,
Wenn ich's euch erzähle.

Goldne Leier, bleibe mein,
Häng Dich um die Seele,
Deine Töne, klar und rein,
Liebend ich sie stehle.

*

Daß die Sterne blässer werden,
Wenn das Herz vor Leiden glüht,
Hätte nimmer ich gedacht!

Wenn das Herz vor Freuden lacht,
Jedes Sternlein Feuer sprüht,
Und die Sterne dunkler werden. –

*

Ich träumte schön und träumte viel,
Das Leben schien ein Kinderspiel,
Das Gute schien so federleicht,
Als hätte man es bald erreicht!

Das Leben ist ein Kampfesspiel,
Und bot der Wunden schwer und viel,
Das Gute ach, ein goldner Traum,
Erreichbar selten oder kaum!

*

Siehst Du nicht die grünen Matten
Und das blaue Himmelszelt?
Und der Bäume lange Schatten
Und die ganze Frühlingswelt?

All die Bäche und die Quellen
Und die Wiesen gelb und grün,
All die Knospen, die da schwellen,
Und die Düfte, die da ziehn?

*

Der Himmel ist blau,
die Erde so grün,
O laß uns ein wenig
Nach Süden hin ziehn!

Dort blühet die Myrte,
Orangen sind frisch,
Dort decken die Blüten
Dir freundlich den Tisch.

*

Meine Tränen fließen
Brennend heiß,
Gott nur weiß,
Was für Segnungen d'raus sprießen.

Wenn im Innern verletzet
Stolzes Herz,
Seelenschmerz
Seine Stachel wetzet.

Laß die Tränen fließen
Brennend heiß,
Gott nur weiß,
Was für Segnungen d'raus sprießen.

*

Laßt mich schlafen, schlafen,
Träumen lange Zeit,
Auf daß ich verträume
Halbe Ewigkeit! –

Ewigkeit hat keine Hälfte,
Stets erneuernd sich –
Stets aufs neu beginnend,
Währt sie ewiglich.

Nun, so laßt mich schlafen,
Träumen ew'ge Zeit,
Daß ich schön verträume
Ganze Ewigkeit!

*

O gieb mir Laut und Stimme,
O gieb mir Wort und Sang,
Daß ich ein Lied anstimme
Für Dich zum Lobgesang.

Laß mich Dein Geist durchdringen,
Dein hoher Gottesgeist,
Ich will's den Menschen singen,
Wie man Dich, Höchster, preist!

Ich will's der Menschheit singen,
Daß Du die Welten lenkst,
Daß Du das Licht erschaffen,
Daß Du die Meere tränkst.

Daß Du im tiefsten Abgrund
Das kleinste Wesen nährst,
Daß Du vom tiefsten Kerker
Den stillsten Seufzer hörst!

Daß du mit Deiner Größe
Die Sonnen hast geschmückt,
Doch auch das kleinste Blümlein
An Deine Brust gedrückt;

Bevor Du es erschaffen,
Bevor Du uns es gibst,
Nimmst Du die kleine Blüte
Und zärtlich Du sie liebst!

Du gibst ihr Glanz und Leben,
Du machst sie zart und schön,
Du gibst ihr Licht und Sonne,
Und läßt sie Sonnen seh'n.

Daß Du die blauen Himmel,
Die goldnen Sterne schufst,
Daß Du mit Deiner Stimme
Der Berge Echo rufst:

Damit man endlich wisse,
Daß jeder Laut Dir kund,
Daß unterdrückter Seufzer
Durchdringt der Tiefe Grund;

Durchdringt der Meere Klippen,
Dringt hin zum Himmelszelt,
Zu Gott dem Allerhöchsten,
Dem Schöpfer aller Welt;

Daß er den Seufzer stille,
Dem Schwachen Kraft verleih'
Daß er das Recht bewähre,
Der Unschuld Schutzfels sei.

*

Gora ist tot! Und tausend Seufzer klagen,
Und tausend Tränen grüßt das Morgenrot,
Ein treuer Sinn, ein Helfer in der Not,
Ein großes Herz hat aufgehört zu schlagen.

Des Gönners Herz! Laßt uns den Jammer tragen,
Und mit uns trauere eine ganze Welt,
Es schlug für sie, ihr Leid hat es geschwellt.
Das wack're Herz hat aufgehört zu schlagen!

Die Tränen trocknen und die Seufzer schweigen,
Das Blümlein an der stillen Gruft verblüht,
Die Poesie singt ihm ein ernstes Lied,
Grüßt ihn mit ihren ewig grünen Zweigen.

Sie singt: Des Mannes Taten bleiben eigen,
Gewaltig ist der Geist, der von uns schied.
Sein Schatten stolz an uns vorüber zieht. – –
Es lebt ein Gott, laßt uns die Häupter neigen.

Sie singt: Es knien an seinem öden Grabe
Wie Lichtgestalten, hold und engelrein,
Die treue Gattin und die Töchter sein,
Und stolz bewahrt sein Schwert der zarte Knabe!

*

O Mensch, Du trittst mit Füßen tausend Wunder,
Und tausend Wunder sie umgeben Dich,
Und tausend Wunder in den Lüften fliegen,
O Mensch, und Du beklagest Dich! –

Knie' nieder in dem weiten Welten-Raume,
Ist's Tag, so knie' im goldnen Sonnenschein,
Ist's Nacht – hoch über Dir die Sterne leuchten,
Und Dein Gebet sei Dank allein!

*

Es stimmen meines Herzens Saiten,
O Herr, Dir an ein Dankgebet,
Und tausend Stimmen es begleiten,
Ich sing es früh und spät.

Was sing' ich denn? Ich singe: „Erhaben,
„Hoch über Zeit und Raum,
„Bist Du, o Herr, und Deine Gaben
„Sind Wirklichkeit, nicht Traum!"

Ich halte still und juble weiter:
„Das goldne Leben gleicht
„Nur einer Sprosse auf der Leiter,
„Die bis zum Himmel reicht; –

„Die Jakobsleiter voller Wesen
„ – Jahrtausende der Grund –
„Auf dem sie werden, sind gewesen,
„Ein Chaos schön und bunt!

„Ein Chaos, Herr, von tausend Sonnen,
„Von Sternen, Mondschein-Pracht,
„Von kleinen Blüten, Millionen Wonnen,
„Dazwischen Dämm'rung, Traum und Nacht!

„Dazwischen milde Frühlingslüfte
„Und Tränenschauer liegt,
„Und süßes Hoffen, Himmelsdüfte,
„Und was das Herz besiegt!“

Ich juble laut und singe weiter,
„Hab' Dank, o Herr, dafür,
„Wie auf dem Gipfel jener Leiter,
„So preis ich Dich schon hier!“

*

Ganz gebrochen ist die Kraft,
Und entmutigt ist der Sinn,
Weltumfassend kühne Träume,
Fahret alle, alle hin.

Goldbesäumte Wolken lagen
Ueber wonnig Morgenrot,
Düst're Nacht ist's. Nimmer tagen
Wird das Licht: Das Licht ist tot!

*

Was nützen alle Lieder,
Was nützt das beste Herz?
Dämonen kehren wieder,
Mit Zungen hart wie Erz.

Dämonen kehren wieder
Im Aug' den gift'gen Strahl,
Was soll das blau Gefieder,
Des Dichters Ideal?

O schweigt, ihr goldnen Lieder,
Halt stille, Poesie:
Du fielst vom Himmel nieder,
Hier wirst Du heimisch nie!

Ansicht

In Abenddämm'rung schwanken
Die Lilien hin und her,
Und frische Rebenranken
Bespült das glatte Meer.

Die Schatten steigen nieder,
Der Mond mit weißem Strahl
Bescheint die Höhen wieder
Rings um das stille Tal.

Von einer jener Stellen,
Gelehnt an Felsenwand,
Sieht man des Jordans Wellen,
So weiß wie ein Gewand.

*

Es ringt der Regen mit dem Winde,
Es ringt der Segen mit dem Fluch,
Es ringt das Alter mit dem Kinde,
Es ringt die Sage mit dem Buch.

Es kämpft die Tugend mit dem Bösen,
Es kämpft die Arbeit mit dem Gold,
Es kämpft ein jeglich, jeglich Wesen:
Ob es, und ob es nicht gewollt!

Die Eingebung

Die Vöglein singen ihr Morgenlied,
Man hört den Jubel im ganzen Gebiet,
Im Ost die purpurne Sonne glüht
Und sendet Strahlen nach West und Süd.

Allein in meinem stillen Gemach,
Umrankt von üppigem Blätterdach,
So saß ich träumend – ach, träumend wach –
Und dachte und sann gar eifrig nach –

Den Kopf auf beide Hände gestützt: –
„Hat es gezündet, hat es genützt?
„Was ich geschrieben, so frei und frisch?“
Und kindisch schlug ich auf den Tisch.

„Ist dies der Lohn für alle Müh’,
„Für Wirklichkeit und Poesie?
„Wen kümmert’s wohl, wer steht mir nah,
„Steht alles nicht noch feindlich da?“

Da horch, da sieh! Was sprengt heran?
Welch prächtiges, glänzendes Viergespann!
Apollo selber im Sonnenwagen:
Kannst Du Dich jetzo noch beklagen?

Edelweiß

Von den höchsten Bergen
Kommst Du so weit her!
Weiße, sammtne Blume
Interessierst mich sehr.

Hast gar viel gesehen,
Fels und Berg und Tal,
All' die grünen Seen,
Wunder ohne Zahl.

Und des Eises Grotte,
Und des Gletschers Wand,
Rauschende Luzzine,
Schwarz und weiß genannt.

Und den Savoyarden,
Streckend aus die Hand,
Seine dunklen Blicke,
Flehend, festgebannt.

Viel hast Du gesehen,
Fels und Berg und Tal,
Eis und Schnee und Seen,
Wunder ohne Zahl.

Deine Heimat, Blümlein,
Edelweiß genannt,
Ist ein kleines Eden,
Schön das Schweizerland.

Unter den Linden

Die Blätter der Bäume fallen
Die herrlichen Linden entlang,
In allen Farben und Formen
Bestreut ist der reizende Gang.

Ihr Blätter und Bäume und Menschen,
Verschieden in Farbe so sehr:
Ein Windstoß weht alles zusammen,
Man merkt keinen Unterschied mehr!

*

Zwecklos scheint mein Leben,
Ohne Zweck mein Sein,
Doch ein einzig Streben
Hüllt's in Dunkel ein. –

Ist's dereinst gelungen,
Wird vielleicht gesungen:
„Viel hat sie getan,
„Wenige sahn's ihr an." –

Die Gefangenen

Ihr Vöglein, die ihr in Freiheit,
Ihr Vöglein jubelt laut,
Wir Andern leben in Knechtschaft,
Vor Kummer früh ergraut:

Die Menschen leben im Wahne,
Wir wären nur für sie da,
Zu ihrem Spiel und Vergnügen,
Zu ihrem Essen, ja!

Wir sind nicht zu ihrem Vergnügen,
Wir sind für uns selber da,
Die Menschen sind unsre Verwandte
Im Essen und Trinken so nah. –

Ihr Vöglein, die ihr in Freiheit,
O singet den Menschen nichts vor:
Die Menschen sind schlechte Verwandte!
So sangen die Vöglein im Chor!

*

Es wankt der Boden unter unsren Füßen,
Des letzten Morgenrotes heilige Parole,
Gesegnet schön und anerkannt von Pol zu Pole;
Die Menschlichkeit ist aus und Tränen fließen.

Es zieht die Nacht hinauf, die Schwerter blitzen,
Das Irrlicht sprüht, kein einzig klares Sternlein
glüht,
Das zarte Blümlein unter Rosseshuf verblüht, –
Die Pulse glüh'n, die Leidenschaften sich erhitzen.

Was wird aus dieser späten Nacht entstehen?
Das Schönste, was man ehrt, es wird zum Raube,
Und Lieb' und Duldung liegen tief im Staube,
Was bleibt von allen Erdengütern da noch stehen?

*

Der müde Wandrer sitzt am Steg,
Vorüber eilet der Fluß,
Am Ufer lehnend, die Hände gekreuzt,
Und badet den müden Fuß.

Die Hände so braun und braun ist der Fuß,
Noch brauner ist das Gesicht,
Wo kam er nur her, der müde Gesell?
Wahrhaftig, ich weiß es nicht.

*

Die Nemesis, sie waltet
Bei allem, was man tut,
Nehmt euch in acht, ihr Menschen,
Die Memesis nie ruht.

*

Nicht mehr sprechen die Sterne,
Nicht mehr die Sonne zu mir,
Verstummt ist, ach, die Sprache,
Die allerschönste hier.

Es sprechen nur noch die Affen,
Die Masken alle zu mir,
Algebra der Dummheit sie reden,
Die häßlichste Sprache hier.

Die Blätter so stille, die Vögel,
Ganz ohne Lied und Ton,
Die Reifen der Röcke nur klirren,
Wie Schimpf und Schande und Hohn.

Der stolze Heinrich

Zartes Blümlein wunderhold,
Zogest aus der Gartenwelt,
In das freie, offne Feld,
Helles Blümlein, duftend Gold!

Liebtest's nicht, im engen Raum
Einzeln, müßig dazustehen,
Steif und nutzlos anzusehen
Wie ein stilles Bild im Traum! –

Nach Sedan, an den Kaiser Wilhelm I.

Ist das des Jahrhunderts schöne Erde,
Ströme Bluts und Berge voller Leichen!
Wird das Böse nicht dem Guten weichen?
Wär's nicht Zeit, daß endlich Frieden werde?

Frevelnd ward der Krieg heraufbeschworen,
Der Urheber Ansehn ging verloren,
Ausgekämpfet ist der Krieg, genug getan
Ist's an allem, was Europa's Augen sah'n!

Doch nicht Rache will der große Sieger,
Menschlich fühlt der ruhmgekrönte Krieger,
Teuer ist ihm seines Volkes Blut,
Das vertrauensvoll in seinen Händen ruht!

Und die weisen Lehren der Geschichte treten
Und das Wort, um das die Völker beten,
Das Erbarmen, es tritt vor ihn hin,
Leuchtet heute seinem Königlichen Sinn!

Und des Ahnherrn wohlbekannte Sympathien –
Unbegründet – in der Sprache im Gedicht –
Steigen auf vor seinem Angesicht,
Und des Königs Blicke Segen sprühen:

Wollen aller Welt den Frieden geben,
Einen langen Sonntag uns'rem Vaterland,
Das um uns wie Heldenmauer stand, –
Und besiegtem Uebermute sei vergeben! –

Nach der Aufführung „Rudolfs II.“ in Berlin

Der Lorbeer liegt in meinem Zimmer,
Der Himmel mir ihn gab!
Ich will ihn nächstens tragen
Auf meiner Mutter Grab.

*

O wißt ihr, was ich denke?
O nein, ihr wißt es nicht!
Wenn ich mich ganz versenke,
Dann denk' ich ein Gedicht!

*

Ein leeres Bauer, ein leeres Haus,
Das sieht so triste und traurig aus,
Wo sind Deine Bewohner, Du leerer Raum?
Entschwunden, versunken, ein seliger Traum!

*

Es geht die Zeit den sichern Gang,
Den Gang zur Ewigkeit.
Die Zeit ist kurz, die Zeit ist lang,
Der Weg bald schmal, bald breit!

*

Motto: Der Weg zur neuen Bildung geht
Von Humanität
Durch Nationalität
Zur Bestialität.
(Grillparzer's Gedichte)

Zanket nicht, hetzet nicht.
Friedlich scheint das Sonnenlicht,
Laßt die Juden und die Christen
Ungekränkt ihr Leben fristen.

Zanket nicht, hetzet nicht,
Jedem scheint das Sonnenlicht,
Laßt die Christen und die Juden,
Muselmänner, Botokuden;

Lasset alle ungestört,
Jede Feindlichkeit zerstört
Harmonien nah und fern!
Lobet alle Gott, den Herrn,
Dessen güt'ge Vorsicht hört
Solch Gezänke gar nicht gern!

*

Wehmütig,
Demütig,
Viel verkannt und tief gebeugt,
Ist der Mensch, vom Weib erzeugt.

*

Untergeh'nde Sonne, sprich,
Wird es ewig dauern,
All das düstre Mißgeschick,
All das dumpfe Trauern?

*

Brüderlich, brüderlich,
Nennt die Welt das Ideal,
Die Utopie, die einstmal
Sich verwirklicht feierlich.

*

Weißt Du was, ich will Dir sagen,
Was die Weltgeschichte ist:
Ein Gemisch von Trän' und Klagen,
Falschheit, Grausamkeit und List.

*

Auch Goethe war nicht unfehlbar,
Was auch die Goethe-Jünger meinen:
Was sich nicht schickt, schickt sich für keinen,
Für jeden das, was recht und wahr.

*

O Faust, Du Bild des Menschen,
Bald groß und klar, bald düster wild,
Wer Dich gemalt, er war an Kunst ein Riese,
Gigantisch war der Stoff, und schön gelang das Bild.

*

Nicht Farbe und nicht Glaube,
Sie trennen uns nicht mehr,
Es fiel der Zeit zum Raube,
Was uns geschmerzt so sehr.

*

Du willst verbinden, was sich ewig flieht,
Die Tugend mit dem ird'schen Glück?
Wie sich Dein Geist auch d'rum bemüht:
Eins weichet vor dem Anderen zurück.

*

Gott ist groß, Dein Sinn kann ihn nicht fassen, –
Kannst Du Sterne zählen, Meeres Wellen? –
Liebe, Güte, Gnade, die er Dir erweist,
Sie notier', so viel Du kannst, wenn's auch unzählbar ist.

Der Scheintote

Und er schlief und schlief so lange,
Daß ihn keine Macht mehr weckte –
Unsichtbar beim Grabgesange
Sich der Totgeglaubte streckte.

*

In die Wolken möcht' ich fliegen,
In die Sonne möcht' ich sehen!
Jedes Vorurteil besiegen
Und als Sieger vor Euch stehen.

*

Die Fenster sind gefroren,
Wie eis'ge Blümlein, schau:
Das sind die falschen Menschen,
Auf menschlich schöner Au!

*

Wie niedrig lächelt die Dirne,
Wie spiegelt sich drin ihr Herz,
Kein Lächeln ist's der Gestirne,
Nur Glanz von gemeinem Erz. –

*

Und der Himmel lacht mir wieder,
Und die Sonne scheinet hell,
Und es tauchen auf die Lieder
Wie ein unversiegter Quell.

*

An der Tugend nur genippt,
Und die Bosheit ausgetrunken, –
Also sind die armen Menschen
In ihr liebes „Ich" versunken.

*

Lauter Zank, 's ist eine Zeit des Leidens,
Alles freilich, es hat seine Zeit –
Zeit des Zankens – Hetzenszeit – des Meidens:
„Bet' und zanke“ heißt's in neuster Zeit!

*

Auf der Höhe stehen Bäume,
Große Menschen haben Träume,
Träume, die im Himmel schweben,
Die nicht an der Scholle kleben.

*

Ist's der Dichtung Los
Traurig sein?
Schmerzen, klein und groß,
Zieh'n ins Herz hinein.

Schmerzen, klein und groß,
Ziehet endlich aus,
Nicht der Dichtung Los
Ziemet Weh und Graus.

*

Unnütz lyrisches Gesinge,
Unnütz lyrisches Geklinge
Gehst Du mir nicht aus dem Sinn,
Schreib' ich auf's Papier Dich hin.

Auf allerlei Hetzen

Das ist ein helles Zanken,
Ganz ohne Unterlaß,
Für dieses kurze Leben
Hat man nicht Zeit zum Haß! –

*

Die weiße Rose am längsten blüht,
Am stillsten das weiße Röslein glüht,
Am tiefsten fühlet ein reines Gemüt:
Daß Gott alle Beide vor Schaden behüt'!

*

Freundlich gucken meine Blicke,
Hoffnungsvoll den Himmel an,
Einem freundlichen Geschicke
Harrt getrost der fromme Mann.

*

Zu allem Guten sage ja,
Zu allem Bösen sage nein,
Das Eine dort, das And're da:
Beisammen können sie nicht sein.

*

Dieselben Bäume hier wie dort,
Dieselben Gräslein hier wie dort,
Dieselbe Sprache hier wie dort,
Und dennoch bleibt's ein fremder Ort.

*

Es stürmt so viel auf mich herein,
Mag sein, mag sein,
Das Gute findet doch Gedeih'n,
Auf einmal seh'n es alle ein.

*

O ist's denn ganz unmöglich,
– Was doch nicht ganz unsäglich –
Daß alles glücklich wär'?
O, wenn's doch möglich wär'!

Auf einen Müßiggänger

Was ist das Häßlichste auf Erden?
Das Häßlichste bist Du!
Du willst nicht wachsen, willst nicht werden
Du pflegst der süßen Ruh'!

Vor Schillers Denkmal in Berlin

Hast erhoben die Nation,
Großer, deutscher Volkessohn,
Klein im Leben ward Dein Lohn –
Kleiner noch in Gyps und Ton.

*

Die Sonne gehet strahlend unter,
Nur scheinbar, Freund, nicht in der Tat –
Der Vorhang fällt so rasch herunter, –
Daß man nur ihn gesehen hat. –

Nero

In den Augen meines Hundes
Liegt mein ganzes Glück,
All mein Innres, krankes, wundes
Heilt in seinem Blick.

*

Schöner Stern
Hab' Dich gern,
Schau'st in's Fensterlein,
Und ins Herz hinein.

Schönste Zier
Strahle mir,
Bist so ganz allein,
Stolzes Sternelein.

*

Dorten aus der grünen Hecke
An des Gartenzaunes Ecke
Schaut mein Schatz heraus:
Haare braun, nicht kraus;

Klein Gesichtchen rund,
Kirschenroter Mund;
Augen braun, nicht blau:
Wird bald meine Frau!

*

Gehabt euch wohl, Gott segne euch,
Euch alle im Sonnenlicht,
Dich Vöglein, Röslein, Immergrün,
Die Dornen und die – Würmer nicht! –

*

Die Aerzte Philosophen gleichen –
Der große staunt und betet an,
Der kleine sieht in Gottes Reichen
Sich selbst als größtes Wunder an. –

Beschränktheit absolut diktieret!
Die Weisheit bleibt ihr fremd und fern –
Wen nie der Genius berühret,
Ein solches Männchen täuscht sich gern.

Wer niemand über sich zum Ritter,
Wer niemals sagt: ich weiß es nicht, –
Der taugt zu keinem höh'ren Richter
Mit seinem unfehlbaren Licht.

*

Gott segne die Armen,
Gott segne sie,
Sein reiches Erbarmen
Verlasse sie nie! –

Die Armen, die Armen,
An Glauben so reich,
An Gottesvertrauen
Den Glücklichsten gleich! –

Vor Nees von Esenbecks Bildnis

Stillschweigend ruht der Blick auf der Geschichte
Menschlichen Treibens, menschlich Müh'n,
Und düster wie vorüber zieh'n,
Den bittern Unmut im Gesichte; –

Nur gleich Oasen in verbrannter Wüste,
Und kräftig schmucken Blättergrün,
Und wie die Meteore glüh'n
An Nordpols eisig rauher Küste.

So einzeln steht im Blatte der Geschichte
Das Große da auf seinen Höh'n –
Wir bleiben lange vor ihm steh'n,
Gleich wie beim Sonnenaufgangslichte!

So stehn wir lange, Nees, vor Deinem Bilde,
Und stolzer unsre Wangen glühn,
Und unsre Blicke Funken sprühn,
Dir, hoher Meister, groß und milde!

Laut schlägt das Herz hier unter Deiner Büste
Horch, allen, allen – ungestillt –
Schön wie gigantisch Säulenbild,
In Thebens prächt'ger Tempelwüste!

Doch stauntest Du, wenn Deinem sonn'gen Blicke,
Entgegen niedre Sklavenschar?
Es folgt die Schnecke nicht dem Aar,
Sie klebt an ihres Staubes Stücke. –

Herzog Georg Bernhard

Blauer Himmel, Bergesluft,
Dunkler Hain und Blumenduft,
Zitternd glänzt auf grüner Au
Schon der frische Abendtau.

Kunstgebilde, Saitenklang,
Bei der Sonne Untergang,
Ganz allein am Waldessaum
Steht der Herzog wie im Traum.

Ja, des Herzogs Seele träumt,
Seine Lippen sind gereimt,
Und der Abendsonne Schein
Faßt sein schlichtes Bildnis ein.

Träumet er vom Wüstensand,
Von des Meeres grünem Strand,
Von der Welten Harmonie
Und der Wahrheit Poesie?

Träumet er von einem Licht,
Einstens strahlend – sichtbar nicht –
Jenes Wunderbild, es lebt,
Ueber ihm im Himmel schwebt.

Einst.
An meine Mutter

Komm, Geliebte meiner Seele,
Komm und still' die Sehnsucht mir,
Meinen Schmerz ich nicht verhehle,
Wenn Du, ach, so fern von hier!

Dieses Hoffen, dieses Bangen,
Diese ew'ge Qual und Lust,
Dieses mächtige Verlangen,
Dieses Klopfen meiner Brust.

Doch es ist kein leeres Sehnen,
Ja, Du kehrst, Du kehrst zurück,
Schaust in meine Freudentränen,
Mit dem schönen, lieben Blick!

Wirst schon nie mehr von mir weichen,
Wirst schon niemals fort von mir,
Ach, es giebt nicht Deines Gleichen,
Mir ist doch nur wohl bei Dir!

Einst.
An meine Mutter

Ich wünsche Dir alles Gute,
Und wünsche Dir alles Glück!
Des Schicksals eiserne Rute,
Sie weiche vor Dir zurück!

Ich wünsche Dir schöne Träume,
Und schönere Wirklichkeit,
Und üppige Blütenbäume
Und stete Fröhlichkeit.

Ich wünsche Dir ein Jahrhundert,
Und Frische der Jugend dabei,
Damit sich ein Jeder verwundert,
Wie rüstig die Edle sei!

Doch was für mich ersehne,
Das ratest Du alsobald:
Mein Ohr vernehme Deine Töne,
So lang' ihm noch etwas schallt!

So lange es fähig zu hören! –
Mein Auge, so lange es sieht –
Sie mögen Dich sehen und hören!
Mein Herz, das für Dich erglüht!

Es möge Dich wonniglich fühlen,
Bevor es von hinnen zieht!
Dann scheid' ich mit Dankesgefühlen
Mit einem zufriedenen Lied!

Zum 9. Juli, dem Todestage derselben

Erde stehe still, Sonne scheine nicht,
Fürchterlich ist dieser Tag!
Jenes Engelsangesicht
Sterbend mir vor Augen lag.

Sonne scheine dort, wo dorten sie erschien –
Strahlen wirf auf ihren Pfad.
Englein alle müßt entgegenziehn,
Wenn die Allerreinste naht!

Ewig, ewig waren wir vereint,
Eins in Wort, Gedanke, Tat,
Uns nur Gott geschieden hat! –
Daß er unser Fleh'n verneint,
Uns im Tode nicht vereint,
Ist verhüllt in seinem Rat! –

Jetzt

Grüßt mich mein Mutterlieb?
Ist ihr nicht bang?
Ach, schon so lang,
Ist's, daß sie fortblieb:

Dort in der Ferne
Kreisen die Sterne,
Sphärische Lieder,
Rauschend Gefieder,

Dorten ihr Bild,
Seh'n wir uns wieder,
Tönen die Lieder,
Mutterlieb, mild!

*

Wo sich Efeu schlingt,
Eine Hand mir winkt,
In der Mutter Gruft
Eine Stimme ruft:
Dich hab' ich geliebt! –

Weine nicht, mein Kind,
Unsterblich wir sind,
Seh'n uns wieder einst,
Unwürdig Du weinst,
Gott uns wieder giebt!

*

Meiner Mutter lichtes Bild,
Meiner Mutter sanft Gesicht,
Meiner Mutter braune Augen,
Alles dieses seh' ich nicht.

Aber tief im Busen lebt,
All der unversehrte Glanz,
Ihres Wesens Schönheit schwebt
Ueber mir im Himmel ganz!

*

Zwei Blümlein blühen am Aronstab,
Ach, beide überdauern das Grab;
Das weiße liebliche Blümelein,
Das schenkte mir mein Mütterlein.

Mein Mütterlein, so hold und rein,
Wie dieses lichte Blümelein:
Ihr Blümlein überdauert das Grab,
Im Jenseits grünet der Aronstab!

*

Eine Blüte seh' ich prangen,
Eine Blüte rosenrot
Hält mein ganzes Herz gefangen,
Ach, mein Herz – ich glaubt' es tot.

*

Ach, meine Mutter, fänd' ich Dich wieder –
Ach, in der Welten unendlichen Raum,
So würd' ich Dich suchen mit allen Kräften,
Wie jetzt ich Dich suche im Wachen und Traum.

Vor der Mutter Bild

Fast strenge sah sie zu mir nieder –
„Gefallen Dir nicht meine Lieder,
„Die ich ja oftmals von Dir singe?
„Bin ich nicht gut und treu und bieder?
„Und tu' ich jemals schlechte Dinge?"

Antwort

„Du tuest gut, doch nicht so, wie Du's solltest,
„Und lange nicht so gut, als wie Du's wolltest –
„Dir ward das höchste, schwerste Ziel: Erringe
„Es ganz! Sonst sieht es aus, als wenn Du schmolltest,
„Daß aufgegeben Dir die größten Dinge!"

*

Wenn man die Mütter aus der Erde graben könnte,
Dann würden alle Menschenhände graben,
Mit einer Eil', als wenn es brennte:
Denn jeder will die Mutter wieder haben.

Wenn man die Mütter aus der Erde könnte graben,
Dann wäre Sonnenschein bei Tag und Nacht auf Erden,
Und alle würden wieder frohe Kinder werden,
Wenn sie die Mütter würden wieder haben.

Ein Jubelschrei, er würde rings ertönen,
Ein Glück bei Armen und bei Reichen
Ach, reich sind alle, welche nie vom Mutterherzen weichen. –

Ein Lieben ohne End' und Gleichen –
Das Wiederseh'n nach lang' getrag'nem Sehnen,
Nach stillen, lauten, heißen Tränen! –

Klara Wuras

Klara Wuras, lebst nicht mehr,
Bist der Welt so ganz entrückt?
Eine Blüte schon geknickt –
Ach, an Tönen warst ein Meer.

Tausend Melodien strömten,
Brausten, Klara, auf's Klavier –
Ließest Deine Saiten hier?
Deiner Töne Schmelz – verschämten? –

Venetianisch süße Lieder –
Deiner Brautfahrt Melodei –
Klinget in dem Herzen wieder. –

Goldne Wogen, strömt herbei –
Rauschen wie des Aars Gefieder –
Klara's große Phantasei

An Diejenige, welche immer das Böse von mir abwehrte

Vom Himmel schau hernieder
Und segne meine Lieder,
Und halte Bosheit fern,
Ich meide sie so gern;
Die Bosheit eilt mir nach,
Ist ewig für mich wach,
Verfolgt mich schon so lange:
Die dumme gift'ge Schlange!

*

Sei ein Held, ertrag die Leiden,
Laß Dein Aug' daran sich weiden,
Laß Dein Aug' daran sich weiden,
Sei ein Held, ertrag' die Leiden.

*

Depuis que je suis née, j'ai vu la calomnie Exhaler le venin de sa bouche impunie.

Voltaire

Kennt ihr sie nicht die böse bunte Schlange,
Die vom Gebüsch die Ferse sticht?
Sie schleicht verderbend auf dem Gange,
Und tretet nie vor's Angesicht.

Ihr Weg ist Mord, allein ganz ungefährdet
Vergiftet sie aus dem Versteck,
Horch, zischend sie im Staube sich geberdet:
O Menschen, schafft das Monstrum weg!

Franzensbad

Auf der Franzensbade Höhe
Steht ein prächtig Säulenbild,
Franz der Kaiser, wie im Leben,
Würdig, sinnig, ernst und mild.

Welcher Meißel, welcher Zauber
Hält die Blicke festgebannt,
Schönes letztes Werk des Künstlers,
Schwanenthalers Meisterhand.

Graf von Münch von Bellinghausen,
Dessen Name einst ein Glanz,
Weihte jenes große Denkmal
Seinem Freunde Kaiser Franz.

Hannah Thorsch

Eine Blüte abgefallen! –
Ach, die lieblichste von allen,
Unsre Hannah fiel,
Hin ist Lust und Spiel.

Alle Freuden jäh verhallen,
Klagen überall erschallen,
Ach, noch oft und viel,
Ohne Zweck und Ziel. –

Klaget nicht, die Seelen leben,
Glücklicher sie sich erheben,
Und von Welt zu Welt sie schweben –
Ganz entrückt dem niedren Staube,
Keinem Schmerze je zum Raube:
Das ist des Deisten Glaube!

Das Leben

Schwestern, Brüder, laßt uns leben,
Leben ist gar hohes Gut,
Machet stark die freie Seele,
Frischet auf den Lebensmut!

Ist das Herz Euch so verdorben,
Daß das Leben Euch nicht lieb?
Ist das Feuer schon erstorben,
Daß der Geist Euch schwach und trüb?

O vergeudet nicht die Kräfte
In der eitlen Sinnenlust!
Werfet ab den Staub zur Erde,
Wenn Ihr Euch des Staubs bewußt!

Schließt das Leben in die Arme,
Bis es Euch zum Herzen dringt,
Laßt den Arm nicht kraftlos hängen,
Der das Gute gern vollbringt!

O die Macht, die uns gegeben,
Wer weiß, ob sie wiederkehrt?
Ob die Macht, die klein uns dünket,
Einst uns auch noch angehört?

Brüder, Kindheit ist das Leben
Eines höhern Lebens dort.
Laßt der Kindheit würdig leben:
Gott hält uns dort droben Wort.

Heinrich Heine

Ruh' in Frieden, großer Dichter,
Ruh' in Frieden, Dichtergeist,
Ruh' in Frieden, Herz voll Saiten,
Daß kein Mißton mehr zerreißt.

Oder singe, spiele weiter,
In der selbstgeschaff'nen Art
Jener Lieder süße Worte,
Unvergleichlich, geistvoll, zart:

Von des Fichtenbaumes Träumen
In des Nordens kalter Höh',
Von der armen Sündenblume,
Von Ramiro's düstrem Weh'!

Singe in des Himmels Sphäre,
Alle Engel stimmen ein,
Witzli Putzli sei vergeben –
Alle Poesie ist rein!

Für Ferdinand Freiligrath

Liebt die Dichter! Seh't, sie geben
Euch das Beste, was es giebt!
Sie verschönern Euch das Leben,
Dankbar Gegenliebe üb't!

Blümlein wachsen, Wolken ziehen,
Im Verborgenen wächst Metall,
Eise brechen, Sonnen glühen,
Im Kontrast gedeiht das All!

Jedes soll vom Seinen geben,
Schönheit wird zur Harmonie,
Reicher, edler wird das Streben,
Es entsteht die Poesie! –

Kennt ihr nicht der Blumen „Rache“?
Nicht des Schwarzwalds braune Maid?
Eines Volkes Ehrensache
Ist des Dichters Feierkleid!

Leipziger Lerchen

Die lieblichen Sänger des Feldes
Ach, nackt und zum Fraße bereit,
Ihr werdet doch Lerchen nicht essen?
Mein Gott, ihr wär’t nicht gescheit!

Die Lerche, die wahre Poetin,
Zum Himmel sich schwingend hinauf,
Ihr Nestlein ach sorglos am Boden,
Die Senner, sie treten darauf.

Allein der Bauer vom Lande,
Er hat ein natürliches Herz, –
Mit Schonung schwingt er die Sense,
Die Sense von Stahl und Erz.

In Leipzig aber da schlachten
Die singenden Kehlchen sie,
– Ach, nackt und zart zum Erbarmen –
Ein Schlachten der Poesie!

Droschkau

Gott im Himmel, sei gnädig,
Schütze dieses Dorf!
Schütze diese grünen Auen,
Diesen Moor und Torf.

Diese Wiesen, diese Felder,
Dieses stille Tal,
Diese dunklen Fichtenwälder,
Sängers Ideal! –

Auf das Zimmer meines Vaters, des Rittergutsbesitzers Joachim Kempner

Fast verfallen ist das Fenster,
Keiner wohnt im Zimmer drin,
Der Erinnerung Gespenster,
Sie umnebeln meinen Sinn. –

Wohnt der Vater nicht leibhaftig,
Wie das Leben selber drin?
Wünschend, wollend, einzig-kräftig,
Stets mit einem frischen Sinn? –

Blaue Augen, braune Haare,
Stark und groß, ein Riese fast,
Ungebleicht, trotz sechzig Jahre,
Urgeschäftig ohne Rast!

Und verschwunden ist das Alles,
Die lebendige Gestalt,
Und kein Nachhall eines Schalles,
Mehr aus diesen Fenstern schallt!!

O, die Träume nur, sie leben,
Und die Wirklichkeit sie stirbt, –
Nur der Dichtung Reich entschweben
Geister, die kein Hauch verdirbt!

*

Ihr wißt wohl, wen ich meine,
Die Stadt liegt an der Seine,
Entschieden ist's die schönste Stadt,
Die man wohl je gesehen hat,

Ihr Haar ist lang und ist auch dicht,
Sie hat ein wunderbar Gesicht,
Und zauberhaft wie ein Gedicht
Ihr Laut zu meinem Herzen spricht,

Du kennst ach, die Geschichte nicht,
Und wie das Herz ihr brach und bricht
Der Mond mit rotem Scheine
Beleuchtet Stadt und Seine.

*

Auf des Lebens Ozean
Fährt der Dampfer stolz geehrt,
Mancher, ach, im schwanken Kahn
Stehend jeder Welle wehrt.

Seh't das Schiff mit sichrer Hast
Fast im Hafen liegt –
Und der Nachen ohne Rast
Auf den Wogen fliegt.

Himmelhoch und abgrundtief
– Gott, der Mensch zu Hilfe rief –
Endlich er vor Anker lief!
Doch es rennt des Dampfers Last
An der Klippen mächt'gen Ast
Und zerschellet Kiel und Mast. –

Das Lied der braven Frau*

Ein Jeder kennt im deutschen Gau
Das Lied vom braven Mann.
Mit Recht so mancher fragen kann:
Giebt's keine brave Frau? –

Die „brave Frau“ ist mir bekannt:
Wer kühn das Vorurteil zertritt,
Voraus uns geht mit Riesenschritt –
Ein Beispiel für das ganze Land; –

Was uns're Zeit begriffen kaum,
Was mancher kaum zu denken wagt,
Die „brave Frau“ gab unverzagt
In wackrer Tat der Wahrheit Raum! –

„Der Wahrheit Raum“, der erste Schritt
Im Kampf für alle, aller Wohl –
Das ist das Allerbravste wohl –
Wo mancher Held schon seitwärts glitt. –

* Frau Wiesen auf Egestorf erklärte sich zuerst für die Leichenverbrennung. *A.d.B.*

Dies Lied sing' ich der braven Frau,
Die einfach „Christel Wiesen" heißt,
Gefeiert sei ihr Herz und Geist,
Als Vorbild hoch im deutschen Gau.

Dem Priester-Philanthropen Franz Marson

Gleich selten auf dem Throne,
Wie im geweihten Kleid,
Ein Rätsel für die And'ren,
Wer And'ren sich geweiht.

*

Daktylen und Jamben, Trochäen,
Sie schließ' ich in einen Bund,
Die Regel, die ewig zu trennen
Hat keinen vernünft'gen Grund.

Nicht Stände gibt es und Kasten
Im Reiche der Poesie,
Das Mannigfache im Schönen,
Es bildet die Harmonie.

Meiner Schwester Luise zum Geburtstage

Blätter rauschen
Wunderreigen,
Vögel lauschen
In den Zweigen
Und das Purpurröslein blüht.

Maienwonne
Herrlich milde;
Vor der Sonne
Zauberbilde
Singt das Vögelein ein Lied:

„Laut're Schöne,
Strahlend Feuer,
Horch, die Töne
Meiner Leier
Hat mein Herz für Dich entbrannt!

Deinem Glanze,
Purpurlichte,
Weih' ich ganze
Sinngedichte,
Die der Himmel mir gesandt.

Kühne Träume,
Rebenranken,
Blütenbäume
Der Gedanken,
Eine ungezählte Schar! –

Vogellieder,
Vogelweise,
Klangen wieder
Ernst und leise
Tief in meiner Brust.

Und ich dachte:
Poesien,
Vögleins sachte
Melodien,
Sie besitzen, welche Lust.

Einer Holden,
Strahlend prächtig,
Haare golden,
Miene andächtig,
Lippen schön und treu und wahr.

Ihre Blicke,
Züge, milde,
– Wie Antique
Auf dem Bilde –
Würd' ich bringen den Gesang!" –

Senior Hermann Bödeker

Von Goethes Anblick überrascht,
Nach Worten einst ein Kaiser hascht,
Er sah ihn lange forschend an,
Und rief dann aus: „Das ist ein Mann!"

Ein wahrer Mensch – ja, ja, ganz recht
Des Menschen Typus ganz und echt,
Trägt an der Stirn ein geistig Mal
Von feinem innern Ideal:

Wenn Wahrheit kündend die Gestalt
Das Schöne zeigt mit Allgewalt, –
Und tatverkündend vor uns tritt
Mit menschlich schönem Heldenschritt.

Dann sind wir tief und froh bewegt,
Und unser Herz nur Segen hegt:
Denn selten ist der Anblick nur
In uns'rer kleinlichen Natur.

Man rühmt als große Seltenheit
Das Götterfeuer Menschlichkeit, –
(Es reiht Geschlecht sich an Geschlecht,
Selbstsüchtig, kleinlich, ungerecht!)

Ihr Funken hat fast ausgesprüht,
Er lodert nicht, und nicht er glüht –
Als Irrlicht nur noch auf dem Plan,
Stirbt er im Sumpf – im dunklen Wahn. –

Wie anders ist's bei Dir: hinauf
Zum Himmel schlägt die Flamme auf,
Als Leuchte spendend rings ihr Licht,
Dein Name, er verlöschet nicht!

Es sitzt der Dichter zu Gericht,
Sein Urteil schreibt er im Gedicht,
Und wer dem Ideale gleicht,
Begeistert er die Palme reicht.

August Böckh

Böckh ist tot! Aeolsharfen spielet,
Trauerweide, senke Dich hinab!
Grüner Lorbeer, schlanke Palme,
Werfet Schatten auf des Griechen Grab!

Geist des Böckh! Offen sind die Hallen,
Freude herrscht im Elysium!
Lauten Jubel hört man drin erschallen,
Horcht, man feiert seinen Ruhm!

Chor der Griechen! Dankbar froh, vor allen
Drücken die Athener ihm die Hand,
Götter zeigen ihm ihr Wohlgefallen,
Psyche selber einen Lorbeer wand.

Böckh ist tot, Aeolsharfen spielet,
Trauerweide, senke Dich hinab,
Grüner Lorbeer, schlanke Palme,
Werfet Schatten auf des Weisen Grab!

An Lita zu P.,
welche unbekannterweise
einen Vers von mir wünschte.

Einen Vers hast Du bestellt,
Poesie scheint Deine Welt,
Denn wer selber Poesie,
Liebet und verehret sie.

Zeige Du Dein eigen Sein,
Laß mich in Dein Leben ein,
Auch das Herz ist stammverwandt.
Sympathie von Gott gesandt.

*

Blümlein auf der Au,
Rein und wunderblau,
Sag', was zitterst so?
Stürmt es irgendwo?

Bächlein silberblau,
Bächlein durch die Au',
Gürtel, ziehest so,
Mündest irgendwo?

Fischlein auf dem Grund,
Mit dem Aeuglein klein,
Fischlein schlank und bunt;

Wag' es, Fischlein mein,
Wag's zur guten Stund',
Schwimm ins Meer hinein!

Thaddäus Gora

Purpurn glänzt die Abendröte,
Still der Prosna zugekehrt,
Frauenbild man beten hört.
Warum weint Frau Margarete?

Fremdling, frägst, warum ich bete?
Hast von der Legion gehört,
Die, vom Schwerte aufgezehrt
Polens Boden blutig säte?

Lieber Sohn war mit dabei,
Hochgelehrt und achtzehn Jahr,
Stärker war die Tyrannei,

Reicht' das Schwert ihm selber dar
Fremdling, eine Träne weih:
Polens Asche, sei fruchtbar! –

Nero's Angedenken

Wo bist Du hin, Du liebes Tier,
Das mir so treu gewesen,
Das sich vor Freuden nicht fassen konnt',
Durft' es in meinen Blicken lesen;

Das hoch hinauf zum Wagen sprang
Mit wonnigem Geschreie,
Wenn ich nach Haus zurückgekehrt:
Ein solches Herz ist Weihe!

Ein solches Herz vergehet nicht,
Es lebt zu allen Zeiten,
Die Seele nur erkennt und liebt,
Nur Toren es bestreiten.

*

Wär ich ein Vögelein
Und wär' ich noch so klein,
Flög' ich von Feld zu Feld
Rasch durch die ganze Welt.

*

Man sagt, die Liebe wäre blind,
Ich sage: Haß und Groll es sind:
Von Einsicht seh' ich keine Spur,
Die Hasser hassen eben nur. –

Zum 70 jährigen Geburtstage eines Onkels

Was auch die Menschen trennt, die Geister scheidet,
Eins gibt's, was alle Welt verehrt,
Die Tugend mit dem Strahlenkranze,
Die uns sich selbst vergessen lehrt.

Wer so wie Du in ihr gelebt, gewandelt,
Sie liebend keinen Augenblick verließ,
Mit aller Kraft und Lust nur gut gehandelt,
Zu jeder Zeit man gerne pries!

Ob viel geprüft, gekämpft, ob viel gelitten,
Bewußtsein heißt das inn're Glück,
Den Allerbesten ward nicht mehr beschieden –
Kein höh'res strahlt vom Thron zurück. –

*

Oft ist verhaßt
Und gilt als Last
Wer engelsrein,
Denn nur der Schein
Und der Bombast
Er gilt allein.

*

Goldne Träume ging't verloren,
In des Lebens Dunkelheit,
Blieb't zum Traume auserkoren!
Traum ist keine Wirklichkeit. –

*

Nicht im Reichtum wohnt das Glück,
Ach, es weichet scheu zurück
Vor den vielen Eitelkeiten,
Die sich rasch durch's Geld bereiten.

Nicht im Reichtum wohnt das Glück,
Ach, es weichet scheu zurück
Vor dem vielen Ueberflusse
Und dem dummen Scheingenusse.

Als Jemand beim Anblick einer armen Frau den Kopf wegwendete

Wendest Deinen Blick Du nicht,
Weil das Mitleid zu Dir spricht?
Spricht von Deiner Menschenpflicht?
Mensch, o täusch' Dich selber nicht,
Wende nur den Kopf zurück:
Helfen ist das größte Glück! –

*

Grüne Saaten, grüne Blätter,
Braune Stämme, gelber Schilf,
Ach, der Landsmann mit den Sorgen,
Gott, dem armen Landsmann hilf!

*

Sperrt euch ein in große Städte,
Atmet ein die dicke Luft,
Die ein And'rer ausgeatmet –
Unbeschreiblich süßer Duft!
Brauchet dann noch eine Kur,
Eine Morphium-Mixtur,
Und ihr bauet eine Kluft
Zwischen euch und der Natur:
Ach, ihr bauet eure Gruft!

Kälte

Kälte, eis'ge Kälte
Wärme nur belebt!
Auf so manchem Antlitz
Ganzes Eismeer schwebt. –

Der Egoist

Und schliefest Du, Schläfer, noch einmal so lang,
Erwachen wirst Du schwer und bang
Im liebeleeren Raume –
Aus Deiner Selbstsucht Traume –
Dein „ich“ so traurig und so bang –
Und das Erwachen währet lang.

Feldarbeit

Arme Menschen, arme Tiere,
Ist's noch finster, müßt ihr raus!
Arme Tiere, arme Menschen,
Lang' ist's finster, geht's nach Haus. –

*

Ein Reiter auf der Haide,
Er trägt ein Wams von Seide,
Ein weißes Wams, 'n schwarzen Hut,
Er scheinet noch ein junges Blut,
Er scheinet noch ein junges Blut.

Er führt sein Pferd zur Weide,
Zu einer Trauerweide,
Dort harret, ach, die Liebste sein
Mit Augen frisch, wie Bächelein,
Mit Augen frisch, wie Bächelein.

„Du, meine Augenweide,
„Mein Blümlein auf der Haide,
„Du gleichst dem Reh im dichten Wald,
„An wunderlieblicher Gestalt,
„An wunderlieblicher Gestalt!“

So schmeichelt auf der Haide
Der Ritter in der Seide,
Der frischen, schlanken Bauernmaid:
Er hat sie aber nie gefreit,
Er hat sie aber nie gefreit.

*

Der Mond erscheint,
Er hat geweint.
Man sieht es ihm an
Dem traurigen Mann.

Aus jenen Höh'n
Hat er geseh'n
Des Bösen so viel –
Gefährliches Spiel. –

Die Menschen all',
Sie spielen Ball
Mit jeglichem Gut,
Mit Flamme und Glut;

Der Weisheit taub,
Der Torheit Raub,
Dem Bösen so hold,
Und so hold dem – Gold.

Der Mond erscheint,
Ach, ganz verweint,
Er sah zu viel
Vom bösen Spiel.

*

Zertrümmert das Leben,
Zertrümmert das Glück,
Die Freuden, sie schweben,
Ach, niemals zurück.

Geopfert das Leben
Der höchsten Idee –
Umsonst es gegeben –
Wem tät' es nicht weh?

Geopfert das Leben
Dem menschlichen Glück,
Sie schlugen das Streben,
Zerschlugen's in Stück'. –

Geopfert das Leben
Der höchsten Idee –
Umsonst es gegeben:
Wem tät' es nicht weh!

Lord Byron

Eine Blume blühet
Dunkler Horizont –
Bei dem schweren Wetter
Schwerlich sie sich sonnt.

Eine Blume blühet –
Dunkler Horizont –
Schwarze Wellen peitschet,
Schäumt der Hellespont;

Eines Mannes Hand
Tauchet oben auf
In der Fluten Lauf.

Byron schwamm an's Land
Wo die Blume stand
Gab den Geist er auf.

*

Die Wolken sich türmen
Am himmlischen Zelt,
Gepeitschet von Stürmen
Ein Strahl sie erhellt;

Ein Sonnenstrahl eilet,
Zerstreuet sie bald,
Im Nu sie zerteilet
Des Lichtes Gewalt.

Im menschlichen Leben
Erleuchtet ein Strahl
Des Friedens manchmal
Die menschliche Qual:
Die Wolken entschweben,
Die Freuden sich heben.

Lied

An Waldes Saum, an Waldes Saum,
Da träumt das Blümlein einen Traum,
Da träumt das Blümlein einen Traum.

„Mir ist so weh, mir ist so bang,
„Drum sing' ich diesen Minnesang,
„Drum sing' ich diesen Minnesang;

„Ihr Zauberblick, ihr Riesenschritt,
„Er nahm mir all' die Ruhe mit,
„Er nahm mir all' die Ruhe mit."

Zu Ende war des Blümleins Lied,
Das Blümlein sang's und es verschied –
Das Blümlein sang's und es verschied –

Wen es wohl so geliebet hat,
Das blaue Blümlein todesmatt?
Das blaue Blümlein todesmatt?

Ich wette, ihr erratet's nicht,
Drum sag' ich's euch ins Angesicht,
Drum sag' ich's euch ins Angesicht:

Das Blümlein hat die Pflicht geliebt –
Die Pflicht hat seinen Kelch zerstiebt,
Die Pflicht hat seinen Kelch zerstiebt.

Und als man ihm ins Herze sah,
Da lag das Herz entblättert da,
Da lag das Herz entblättert da.

*

Kennst Du vielleicht ein Land,
Wo keine Bösen sind?
Das wär' mein Lieblingsland,
Ich ginge hin geschwind.

Kennst Du vielleicht ein Land,
Wo niemand Böses tut?
Das wär' mein Wunderland,
Für das gäb' ich mein Blut!

*

Bitterböse ist das Leben,
Und vergeblich alles Streben
Nach dem höh'ren Ziel:
Alles bleibt ein Spiel,
Illusionen uns umschweben,
Die sich nie als Wahrheit geben.

*

Menschliche Hilfe ist bald kaput,
Göttliche Hilfe allein es tut. –

*

Mich greift die Langeweile,
Ich schreibe keine Zeile,
Kein Vogel gedeiht in solcher Luft,
Wo alles nur nach Gelde ruft;
Wo alles raset nach Gewinn,
Kommt einem gar kein Lied in Sinn;
Die Bäume stehen öd' und leer,
Man hört kein einzig Zwitschern mehr!

Stimmung

Kalt von außen und von innen,
Alles kalt und freudlos nur,
Und von Wärme und von Sonne
Und von Wonne keine Spur.

*

Auf meinem Gesicht
Steht ein Gedicht,
Drin ist zu lesen,
Wie's stets gewesen.

Der Traum der Poesie,
Der Reiz der Phantasie,
Der Kindheit Glück:
Nichts kehrt zurück.

Vor meiner Mutter Bild

Ich sah Dich heut im Traume
An eines Waldes Saume,
Du sprachst ein großes Wort:
„Mein Kind, geh' eilig fort.

„Auf, zögere nicht mit Säumen,
„In lieblos engen Räumen
„Versteht man kein Gedicht
„Und auch – Dich selber nicht!"

Vor demselben Bilde meiner Mutter

Wenn Du noch wärst am Leben,
Dann lohnte sich's fürwahr –
Doch da Du nicht am Leben,
So lohnt sich's nimmerdar.

*

Goldner Sonnenschein
Steigt zum Fenster ein:
„Weil Du so allein
„Will ich bei Dir sein."

*

Ich weiß eine große Geschichte,
Die Meisten *fühlen* sie nur:
Das Leben ist ein Gedichte,
– Und oft eine schwere Kur. –

Verschieden sind ja Gedichte,
Das eine rosig und licht,
Das andere hat Bleigewichte,
Und macht ein bittres Gesicht.

Gegen den Selbstmord

Hinab in die Flut, hinab in den Tod,
In das sehnlichst erwartete Nichts,
Kein neues Tagen, kein Morgenrot,
Und kein Funken lebendigen Lichts. –

Betrogener Wahn, ach allüberall
Ein neues Tagen, ein Morgenrot,
Stets kreiset ein neuer Sonnenball:
Und es gibt, ach, gar keinen Tod.

*

Die Nachtigall schlägt,
Der Frühling ist da,
Das Herz ist bewegt,
Die Freude ist nah!

Die Freude ist nah,
Das Herz ist bewegt,
Der Frühling ist da,
Die Nachtigall schlägt!

*

Deutsche Bildung, deutsche Sitte,
Deutsche Hetze, Kampfkultur,
Kultivierte Kämpfe nur,
Humanisten, schweigt, ich bitte,
Denn im goldnen Reich der Mitte
Ist von Hetze keine Spur,
Und ob solcher Unnatur,
Lacht Franzose, Däne, Brite.

Großer Friedrich, armer Kant,
Leibniz, Lessing, Hufeland,
Jäh vergessen von der Welt,
Wenn Sophist und Köter bellt
Wird das deutsche Vaterland
Gar mit Rußland gleichgestellt.

Die stille Träne

Die Träne, ach, die stille,
Nur sie, sie brennet heiß,
In ihr wohnet der Wille:
„Daß niemand davon weiß – “

Daß niemand ahne, es sähe,
Wie sie dem Auge entquillt,
Ein Auge in höchster Höhe
Sie dennoch stehet und – stillt.

Nicht immer ganz – nicht immer –
Oft bleibt zurück ein Schimmer,
Ein glänzend feuchter Glanz –
Wie Perlen oder Glimmer –
Und trocknet sie erst ganz,
Winkt jäh ein Lorbeerkranz!

*

Wintergemälde

Es schneit im Wald
Unheimlich kalt,
Ein Mann versinkt im Schnee;
Sein Ach, sein Weh,
Verhallet bald
Im tiefen Wald.

Die Jagd, sie naht,
Zertritt die Saat;
Ein angeschossen Reh
Versinkt im Schnee,
Die Büchse knallt,
Der Schuß verhallt.

*

Unschuldig verurteilt sein,
Ist ein Unglück, das nicht klein,
Doch natürlich ist es fast
Trifft den Richter keine Last –

Keine Schuld – ach unfehlbar!
Ob ein Richter stets es war?
Straflos muß ein Richter sein?
Darauf sagt ein Jeder nein!

Hundegebell im Fleischerladen

Mit Hunden hetzen sie das arme Tier,
Mit Kolben stoßen sie's zu Tod!
Ist's nicht genug an Wein und Brot?
Nach Blut lechzt die Begier.

*

Von Moral ist keine Spur,
Alles strebt nach Schlauheit nur,
Jeden listigen Betrug
Nennt man „Usus", oft auch „klug".

*

Kränk' Dich nicht,
Gräm' Dich nicht,
Plötzlich scheinet Sonnenlicht,
Auch die Finsternis wird hell,
Auch das Glück, es schreitet schnell –
Und verstummt ist das Gebell!

*

Versunken ist das Glück
In bodenlose Tiefe,
Nichts bringt's zurück:
Es ist, als wenn die Gottheit schliefe. –

Beim Anblick eines prachtvoll gewesenen Buketts

So sieht es aus das Irdische
Nach kurzer Zeit!
Das sind die blendenden Irrwische
Der Zeitlichkeit!

*

Es schläft die Welt, es ruhen alle Herzen,
Nur meines nicht –
Bei mir brennt Licht:
Ob Bösewichter Herzen haben?
Wie ist solch dunkeln Rätsels Sinn zu lösen?
Sie denken nicht! –
Und nur Phantome, ferne Schreckensbilder,
Sind ihnen Recht und Pflicht.

*

Besessen ist die Welt
Von Eigennutz und Geld,
Und alles zum –
Verzweifeln dumm!

*

Parteilichkeit, Parteienhaß,
Das schaut so grün und wird so blaß –
Von Schlang' und Nesseln ein Gewühl! –
Welch unnatürliches Gefühl!
Welch unnatürliches Gefühl!

O kurze Zeit des Lebens Zeit,
Noch kürzer durch Parteilichkeit
In Konfession und Politik:
Parteienhaß hat keinen Schick!
Parteienhaß hat keinen Schick!

*

Ginge es nach meinem Herzen,
Würde allen ich vergeben,
Allen denen, welche leben:
Jene tausend Qual und Schmerzen,
Welche sie mich ließen leiden,
Kann sie darum nicht beneiden –
Wälzen sich in Gold und Kot –
Ach – ihr Leben gleicht dem Tod.

*

Gibt's ein Glück?
Gab's ein Glück?
Ich bezweifl' es sehr!
Gibt es ohne Sturm und Angst
Irgendwo ein Meer?

*

Der Himmel ist hell,
Das Feld, es ist weiß,
Es leuchten so kalt in der Ferne
Unzählige silberne Sterne.

Die Nacht ist lang,
Der Traum ist bang,
Viel Geister, sie fehlen hienieden,
Geb' Gott den Fehlenden Frieden!

*

O Gott, Du weißt am besten, was uns frommt
Und gut ist alles, was von Deiner Güte kommt,
Allein die Menschen sind so schwach:
Sieh' ihnen lieber alles nach!

*

Es eilt der Fluß
Die Wiese entlang,
Ein Vöglein hüpft
Dabei und sang,
Doch da der Fluß
Kein Ende nahm,
Das Vöglein müd
Zurücke kam,
Und sang nicht mehr
Und grämt sich sehr,
Weil's, ach, so schwer –
Ach, gar so schwer,
Und freut sich nie:
Weil alle Müh'
Ihm nicht gedieh –
Ihm nicht gedieh.

*

Im Traum sah ich die Mutter heut,
O golden süßer Traum! –
Ich sah sie so schön und wunderbar,
Wie oft im Leben kaum.

Was kommst Du zu verkünden mir,
Du liebes Engelsbild? –
„Mein Kind, vergib die Sünden all',
„Sei immer gut und mild!

„Sei auch den Sündern gut gesinnt,
„Die Lüge ist ihr Brauch –
„Ein täglich wiederkehrend Gift –
„Vergib den Sündern auch."

*

Einen Vers soll ich Dir machen:
Verse, Freund, sie sind verschieden
Wie das Leben ist hienieden
Oft sehr ernst und oft zum Lachen –
Einen heitern will ich machen:
Heiterkeit sei Dir beschieden,
Allen denen, die hienieden
Man kein X für U kann machen; –

Den Studenten,
Die nie flennten,
Nie in falsche Schlingen rennten,
Die mit eignen Ohren hören,
Nie auf eine Dummheit schwören,
Nimmer süßlich sich betören. –

Verschiedenheit ist nötig

„Ach wären all' von einem Glauben!
„Ach gäb's nur eine Sorte Trauben,
„Auch gelbe nicht und blaue nicht,
„Und gäb's nur einerlei Gedicht –

„Und einerlei sei das Gesicht,
„Und überall ein dunkel Licht,
„Ach, wären all' von einem Glauben
„Und gäb's nur eine Sorte Trauben!"

Wahrheit

Der Abend dämmert weich und mild,
Nichts stört des Schweigens Stille,
Da tritt der Mond hervor aus seiner Hülle,
Beleuchtend ein erhabenes Bild.

Die Kokospalme blüht und der Granatbaum brennt
Im frischen menschenhohen Grase,
Ist dies die menschliche Oase,
Wo man nicht Haß, noch Liebe kennt?

Im Schatten eines Palmenhains,
Im weißen Kleid mit langen Haaren
Da kniet die Priesterin von achtzehn Jahren,
Bestrahlt vom Licht des Mondenscheins.

Sie spricht ein wunderbar Gebet,
Horch, was sie leise innig fleht:
„Verbann', was Deine Welt entstellt.
„Verbann' die Lüge von der Welt."

Das Mädchen vom See

Es toben die Wellen des Meeres,
Sie heben ein Weib in die Höh',
Wer bist Du, lichtes Bildnis,
Bist Du das Mädchen vom See?

Ich bin einstmal versunken
Im tiefen Meeresschlund,
Doch wenn die Sonne goldig
Bestrahlt den tiefen Grund,
Dann steig' ich in die Höh':
Denn mir gehört die See.

*

Des Abends letztes Gold,
Es spiegelt sich im Rhein,
Still kniet das Mägdelein
Am Ufer, wunderhold!

Ihr Haar, so licht wie Gold,
Ihr Aug' so himmelsrein,
Was kniest Du so allein,
Komm Maid, das Wetter grollt! –

Still winkt die Jungfrau mir:
„Ein Opfer ruhet hier,
„Auf einem Grab sind wir";

Lieblosigkeit ist Mord, –
Entfliehe diesem Ort,
Doch sprich ein segnend Wort!

Die Spitzen-Klöpplerin im Harz

Im weißen Gewande von Spitzenzeug,
Die Blüten in braunen Locken,
So sieht man das Bildnis, das schöne Weib,
Dort oben hoch thronen am Brocken.

Was ist dir denn heut, und was weinest Du Kind?
Ich liebe nur lustige Leute,
Dein Auge ist naß, und Dein Lächeln ist trüb,
Du bist ja so schwermütig heute. –

Mein Auge ist naß und mein Lächeln ist trüb,
Ich bin, ach, so schwermütig heute,
Mich plaget ein Leid, ach, ein mächtiges Leid,
Ich hasse den Ballanzug heute.

EX LIBRIS ELSA
ASEKIJEFF
BELTA
VINCE

Ich hasse die Spitzen aus Tränen gewebt,
Drin werden zu Wasser die Freuden,
Ein Wehe, ein Seufzen da drinnen lebt,
Ein Chaos von bittersten Leiden! –

Das Mägdelein

Ich traf einmal im fremden Land,
Ein Mägdelein zierlich und gewandt;
„Wo kommst Du her, wo weilest Du?
„Ich finde im fremden Land nicht Ruh'!“

„Bist Du ein deutsches Mägdelein?
„Geboren an dem deutschen Rhein? – “
„Mein Vater war ein Kriegesmann,
„Die Mutter kein Seide spann! – “

„Wie kamst Du in das fremde Land?“
„An eines Fremden falscher Hand.“
„Die Treue wohnt in Deutschland nur;
„Von ihr ist hier, ach, keine Spur! – “

Gebet

O, laß mir die Welt der Erscheinungen stehn,
sie ist so schön,
O, laß mich die Sonne immer seh'n,
Die Bäume und der Blätter Weh'n,
Die Blumen, die auf Erden steh'n,
Die Sterne in den lichten Höh'n,
O, laß mir das Licht, das herrliche Licht,
Ein anderes Glück begehr' ich nicht.

Du gabst's jedem Wurme, den Wesen all',
Auf jedem Erd- und Sonnenball,
O, schließe mich nicht, nicht mich g'rade aus
Aus Deines Lichtes glücklichem Haus,
O, laß mich die Sonne immer seh'n,
Die Berge und die grünen Seen,
Die Bäume und der Blätter Weh'n,
Die Blumen, die auf Erden steh'n.

*

Ach, Sternlein dort,
Am Himmelsort,
Du glänzest so alleine
Und scheinest nur so kleine.

Und sprich, was geht denn dorten vor,
Doch mach' mir keine Wippchen vor,
Ist es denn dort erquicklich?
Und lebt man dorten glücklich?

Ach, Mägdelein
Im grünen Hain,
Du glänzest so alleine
Und scheinest nur so kleine.

Was geht in Deinem Herzen vor,
Doch mach' mir keine Wippchen vor,
Ist es darin erquicklich,
Und lebt sich's drinnen glücklich?

Eine Mitternacht in Tirol

Die großen Kaiser sind alle erwacht,
Steh'n aufrecht da in der Gruft.
Sie tragen die deutsche Reichskrönungstracht,
Es glühet und zischt in der Luft.

Der Reichsverweser schläft ein in Tirol,
Die Uhr, sie schlägt Mitternacht,
Da wecket ihn dumpf, da wecket ihn hohl
Der Ahnherr'n gespenstische Pracht.

Wie bist Du so klein, wie bist Du so schwach,
Du kleinlicher Enkelsohn,
Du brachtest dem Reich, Du brachtest uns Schmach,
So hallt es im grollenden Ton.

Die Berge Tirols, die Steine in Tirol,
Sie hallen es tausendfach nach,
Das tönet so dumpf, das tönet so hohl,
Als ob Fels an Felsen sich brach!

Und Rudolf von Habsburg mit Hoheit begann:
„Du Reichsverweser Erzherzog Johann,
„Bewahre, du bist mir kein Rittersmann,
„Ich schleudere Dich in Acht und Bann.“

Die Berge Tirols, die Steine in Tirol,
Sie hallen es tausendfach nach,
Das tönet so dumpf, das tönet so hohl,
Als ob Fels an Felsen sich brach.

Und Karl der Fünfte in seiner Art:
„Wer unehrlich, sei klug, Johann,
„Und weil Ihr nicht klug und nicht ehrlich war't,
„So tun wir Euch in Acht und Bann.“

Die Berge Tirols, die Steine in Tirol,
Sie hallen es tausendfach nach,
Das tönet so dumpf, das tönet so hohl,
Als ob Fels an Felsen sich brach.

Und Maximilian spricht, Schmerz im Gesicht,
„Fluchwürdig, wer die Treue bricht,
„Wer weiß, ereilt Dich kein Gottesgericht.
„In Bergen Tirols verbirg Dich nicht!“

Die Berge Tirols, die Steine in Tirol, –
Sie hallen es tausendfach nach,
Das tönet so dumpf, das tönet so hohl,
Als ob Fels an Felsen sich brach!

Und Joseph der Gute wehmütig klagt:
„In Wien ein Stand- und Kriegsgericht?
„Das Beste, das Schönste hast Du gewagt,
„Die Mutter, – sie vergißt Dir's nicht!"

Die Berge Tirols, die Steine in Tirol,
Sie hallen es tausendfach nach,
Das tönet so dumpf, das tönet so hohl,
Als ob Fels an Felsen sich brach.

Und Maria Theresia, die schönste Frau,
Mit unmutiger Miene spricht sie,
Mit der Rechten zeigt sie Brigittenau:
„Auch dieses vergeß' ich Dir nie!"

„Die Söhne Arpads, sie schützten mein Haus,
„Das Reich und des Habsburgers Thron,
„Und" – ruft mit Beben die Kaiserin aus,
„Verderben war darum ihr Lohn!"

Im weißen Gewand, das Haar in die Höh',
Die Rechte zum Himmel hinan:
„Den Feinden Arpads sei ewiges Weh',
„Vergeßlichen Enkeln mein Bann!"

Die Bege Tirols, die Steine in Tirol,
Sie hallen es tausendfach nach,
Das tönet so dumpf, das tönet so hohl,
Als ob Fels an Felsen sich brach.

Dem Reichsverweser wird bang um das Herz,
Die Ahnen, sie haben vollend't,
Die Worte lasten wie Panzer von Erz,
Der Bannstrahl das Hirn ihm verbrennt. –

Und scheu aus den Armen des schweren Alp,
Reißt entsetzt und matt er sich auf,
Da sieh da, noch Schatten ein blutiger, halb, –
Er steigt aus der Erde herauf!

Ein Jüngling, das lockige Haupt in der Hand,
Um die Stirn' den Streifen von Blut:
„An Deiner Statt" – ruft er, „mein wär' das Land,
„Dir fehlte mein reichlicher Mut!"

Ein Nu, der blutige Schatten hin,
Es lachte noch jugendlich auf:
„Nicht Jeder, nicht Jeder ist Konradin,
„Nicht Jeder ein Hohenstauf'."

Die Berge Tirols, die Steine in Tirol,
Sie hallen es tausendfach nach,
Das tönet so dumpf, das tönet so hohl,
Als wenn Fels an Felsen sich brach.

Den Erzherzog schwindelt, zur Erde er fällt,
Und siehe, es war nur ein Traum,
O Volksmann Johann, die Meinung der Welt,
Sie fand in dem Traume den Raum! –

*

Kalt ist's, eine trockene Kälte,
Aus modernen Burgen schallt
Tadel für das Holz, den Heizer
Durch die weiten Säle bald.

Aber in des armen Hütte
Ist von Tadel keine Spur,
Eingefroren ist das Wasser
Und man weint und zittert nur.

*

Ich träumte tausend Lieder
Und alle schön und hold,
Sie hatten blaue Augen
Und Haare licht wie Gold.

Die Welt lag mitten drinnen,
Ein Purpurröslein rein,
Unangehaucht von Menschen,
Bestrahlt von Sonnenschein.

Jetzt träum' ich viele Lieder,
Doch all' mit dunklem Haar,
Mit großen dunklen Augen,
Und tränenvoll wohl gar.

Die schattigen Gestalten,
Sie schwanken hin und her,
Wie sturmbewegte Wellen,
Auf sturmbewegtem Meer.

Ihr großen dunklen Augen,
Mit tief und ernstem Blick,
Ihr gleicht an Ernst und Wunder
Dem tragischen Geschick.

Ihr schattigen Gedanken,
Die Wahrheit Euch verzehrt,
Ihr zeiget mir im Röslein
Den Wurm, der es zerstört.

*

Wer einsam kam zu trüber Höhe,
Oft unverstanden angegafft,
Dem rauschet jedes Lüftchen Wehe
Und jedes Blättchen: halte Kraft.

Ja Kraft soll dem die Gottheit geben,
Wer selbstlos nur das Gute will,
Mit seinem Herzblut, seinem Leben,
Und sich verblutet einsam still.

*

Der Tag ist kurz, der Tag so lang,
Die Stunde so froh, die Stunde so bang,
Das Leben so kurz, das Leben so lang,
Die Freude so kurz, ach, und niemals lang.

*

Seh' ich euch wieder, goldne Sterne,
Hab' euch lange nicht geseh'n,
Wußt' euch freilich in der Ferne
Unsichtbar am Himmel steh'n!

*

Es hat uns Gott gegeben
Das menschliche Gefühl,
Der Tugend nachzustreben,
Sei unser Lebensziel.

Barmherzigkeit zu üben,
Das sei das Losungswort,
Die Menschen all' zu lieben,
An jedem, jedem Ort.

Die Nachtigall und die Katze

Die Nachtigall sie schlaget
In Blitz und Donner fort,
So lang' ein Baum noch stehet,
Bleibt jubelnd sie am Ort.

Sie jauchzet auf am Morgen,
Sie liebt das Tageslicht,
Doch Katzen, ihre Feinde,
Vertragen solches nicht.

Die Katze webt im Dunkeln,
Ist Königin der Nacht,
Doch Nachtigall trotzt singend,
Nächtlich der finstern Macht.

Die Dichter alle dichten,
Trotz Nacht, Verrat und Spott,
Inmitten ihrer Feinde
Ruhig getrost auf Gott! –

Von jedem Platz der Erde,
Von dem er nicht verbannt,
Hat stets der wahre Dichter
Sein Veto ausgesandt.

Und Beide, Beide hören
Zu singen niemals auf:
Ihr Katzen und Philister,
Mein Ehrenwort darauf! –

Das Burschenlied

Die Poesie ist ein Gebiet,
Wo alle Blüten treiben.
Jetzt soll ich gar ein Burschenlied
Für die Studenten schreiben.
Wohlan, es sei, ich fange an,
Und schreib', so gut ich schreiben kann.

Ich lob' mir die Studentenschaft,
Die brav, fidel und bieder,
Mit hellem Geist und Mut und Kraft
Hoch hält die deutschen Lieder.
Mit Liedern zieht er in die Welt,
Ein solcher Bursche ist ein Held.

Im schmucken, reichgestickten Kleid,
Mit Humpen und mit Degen
Ist gern geseh'n er weit und breit,
Auf allen deutschen Wegen.
Ein solcher Bursche ist ein Held,
Er zieht als Sieger durch die Welt.

Und zeigt man ihm ein böses Weib,
Die Braut ihm zu ersetzen,
Weicht tausend Schritte er vom Leib,
Er läßt sich nichts verhetzen.
Mit achtzehn Jahr' hat er gefreit,
Und damals war er grundgescheit.

Studenten, unsere Zukunft einst
Hängt ab von eurem Werden,
Ob's freund- und friedlich wird dereinst,
Ob's heimlich wird auf Erden.
Und Eins noch hänget von euch ab,
Ob man lebendig muß ins Grab! –

Ob Nacht, ob Finsternis, ob Licht,
In eurer Hand wird's liegen.
Vergeßt der großen Ahnen nicht,
Dann wird das Rechte siegen.
Die Burschenschaft, sie ist ein Held,
Und ihr gehört die ganze Welt.

Der Tierbändiger

Des Tierbändigers Bude ist drückend voll,
Die Menge lauscht lautlos andächtig schier,
Da tritt zornig herein das Panthertier,
Und stattlich der Löwe und würdevoll,
Und mit grausigen Tönen dicht hinterdrein
Zwei schwarze Hyänen hinein in die Reih'n.

Des Bändigers Tochter von hoher Figur,
Von lieblich rundem und rosigem Gesicht
Von glänzend hellbraunem Augenlicht,
Das schwarze Köpfchen in Mannesfrisur,
Betritt grüßend den Kreis, im Miederchen nett,
Um schneeige Schultern und lächelt kokett.

Johanna, gewappnet mit bannendem Blick,
Sie schwingt sich hinauf auf den Leu,
Mit sanftem Mut und mit selt'ner Treu
Erträgt sie das königliche Genick,
Stolz kreuzt sie die Arme und lächelt dabei
Und die Menge lohnt ihr mit Bravogeschrei.

Die Jungfrau steigt ab und mit Heldenmut
Fährt in des Panthers Rachen ihr Arm,
Drin braust's gewaltig wie Bienenschwarm,
Und wilder tobt es in Heißhungers Glut,
Sie reicht ihm das Becken mit Blut gefüllt,
Und gierig, doch langsam den Durst er nun stillt.

Inzwischen sieht man die Königin der Wut
Gefräßig, schnaubend, spähen ringsum,
Das Mädchen bieget den Nacken krumm,
Und hinten hinauf steigt die wilde Brut;
Den Mörder am Halse, sie lächelt dabei,
Und die Menge lohnt ihr mit Bravogeschrei.

Die zweite Hyäne eilt nun hinan,
Die erste klettert rückwärts hinab,
Johanna beiden die Fütterung gab,
Ihr strahlender Blick, er hält sie im Bann.
Und dankend entflieht sie dem stürm'schen Applaus,
Der Bändiger führet die Tiere hinaus.

Hierauf tritt herein das gehörnte Pferd,
Das seltsam geformte, seltene Gnu
Und leicht hüpft herein das Känguruh.
Ein „Ach“ des Staunens im Kreise man hört,
Denn des Känguruh's seitwärts laufender Sprung
Erregt die allgemeinste Bewunderung.

Der Bändiger führt nun auch Affen hinein,
Die Tiere ledig der keuschen Scham,
Die Menge es demütigend überkam
Beim Schattenbilde vom menschlichen Sein –
Die törichten Knaben nur jubeln dazu,
Der Bändiger benennet die Tiere im Nu.

„Ich sparte,“ ruft laut er, „trotz niederem Preis,
„Was am meisten die Augen ergötzt,
„Das Allerschönste Euch auf, auf zuletzt; –
„Johanna, getrocknet schon ist Dein Schweiß,
„Wir zeigen nun endlich die zwanzig Fuß lange
„Und hundert Pfund schwere Riesenschlange.“

Und siehe, man treibt aus dem Seitenstall
Hinaus ein schneeweißes junges Lamm,
Ach, zaghaft das Auge in Tränen ihm schwamm,
Doch vorwärts dröhnt ihm der Peitsche Geknall.
Das Lämmchen, das heute zum Tode bestimmt,
Die Unschuld zu retten, kein Mensch unternimmt.

Nun trägt man hinein die riesige List,
Mit Kraft und Schönheit herrlich geschmückt,
Und drohend und schlau sie rings um sich blickt,
Und aus der Menge ertönet ein lautes Pst!
Johanna daneben, sie lächelt dabei
Und zeigt ihrer Zähne hell glänzende Reih'.

Die prächtige Riesin, sie wendet sich um,
Raubgierig spähend und unheilsvoll,
Man sah, wie am Kopfe das Blut ihr schwoll,
Und windet sich um das Mädchen herum,
Die männliche Jungfrau, sie lächelt dabei,
Und die Menge lohnt ihr mit Bravogeschrei.

Nun holt sie das Lamm, das niedliche Tier,
Hält's geschickt vor sich hin in der Hand,
Die Schlange blickt glühend unverwandt
Und zischend hascht sie darnach mit Begier,
Da zittert das Mädchen, das Antlitz entstellt,
Das Haar sich ihr sträubt, und das Lamm ihr entfällt.

Schnell will sie's erhaschen, den Kopf sie senkt,
Doch im Zug sich das Untier befand,
Ein Nu, ein Schrei, das Köpfchen verschwand,
Und die schöne Gestalt am Rachen hängt.
Noch hebt sich die Brust, noch zuckt es darin,
Und dem starren Vater läuft's wild durch den Sinn.

Er zieht ein Terzerol, er feuert es los
Rasch in den giftigen Schlund hinein,
Die Tochter will er vom Fraße befrei'n.
Und richtig er traf, denn richtig er schoß.
Er wälzt sich in schwärzlichen Strömen von Blut,
In schäumenden Geifer die furchtbare Brut.

Nun öffnet der Bändiger den riesigen Mund,
Sein stierer Blick sprüht funkelnden Glanz,
Johanna ist tot, doch sie ist ganz,
Nur rund um den Hals, da ist es wie wund.
Die grausame Schlange nahm langsam sich Zeit,
Fast schien es, als tät's um die Jungfrau ihr leid.

Der Bändiger blickt scheu im Kreise herum,
Da dringt kein einziger Laut an sein Ohr,
Die Menge sich fühllos längst verlor,
Und im Bretterzelt ist's entsetzlich stumm.
Der Mond durch die Spalten bescheinet darin
Den Tierbändiger zu Füßen der Tierbändigerin.

*

Ich ritt auf einem Pferde
Den grünen Wald entlang,
Voll Blüten war die Erde,
Ich rasch hinunter sprang.

Vor mir auf grüner Aue,
Viel hundert Vögelein,
So hübsche, kleine graue,
Mit schwarzen Aeugelein.

Ihr singet goldne Lieder,
Nach Mozart'scher Manier,
Seid ihr denn alle Brüder,
Daß Ihr versammelt hier?

Die Antwort lautet leise:
„Einfältig Menschenkind,
„Wir sind auf weiter Reise,
„Und alle gleichgesinnt."

Sieh', es grünt an allen Hecken
Und auf allen Länderein,
Und es tummeln sich die Gecken
In des Frühlings Sonnenschein!

Nachtigallen singen, flöten,
Lerchen steigen jubelnd auf,
Doch die Frösche und die Kröten
Hemmen der Begeist'rung Lauf!

*

Hast Du darum mich verstoßen,
Weil ich Deinen Eltern fern?
Schau, ein unbekannter, fremder,
Aber glänzend heller Stern.

Oder hast Du mich verstoßen,
Weil Entsagen Dir'ne Lust?
Ewig wird Dich Lügen strafen
Deine lebenswarme Brust.

Antwort

Es geschah aus and'rem Grunde,
Weil für mich ich niemals Zeit,
Sieh', das Leben währt 'ne Stunde
Warte bis zur Ewigkeit. –

Gretchen

Mädchentränen,
Schmerzlich Sehnen,
Perlen aus des Himmels Tau,
Werden weiß und werden grau.

Einer Seele weiches Sehnen,
Eines Herzens schmerzlich Dehnen,
Hui, das ist so warm und kalt
Wie gespenstische Gestalt.

Eisig schmückt es alle Wände,
Starr und freudlos alle Hände,
Alles schweigend, alles stumm,
Nur der Böse geht herum!

*

Weiße Blüten, grüne Zweige,
Unschuld, Güte fesselt mich,
Sicher leiten eure Steige,
Abseits geht es fürchterlich! –

*

Rosenbüsche, dunkle Haine,
Duftig blühende Sinnlichkeit,
Nennest niemals mich die Deine,
Falsch ist Deine Süßigkeit.

Deine Stürme, Deine Wogen,
Deine ahnungsschwere Lust,
Sicher haben sie betrogen
Manche unschuldsvolle Brust. –

*

Aus dem Dunkel bricht das Licht,
Neu erstrahlet mir die Welt,
Und verstoßen bin ich nicht,
Gott, aus Deines Lichtes Zelt!

Welche Wonne, welches Glück,
Welcher Jubel kehrt zurück!
Einzig Glück wohnt nur im Licht,
Gott, ich lese ein Gedicht.

*

Ich meint' es rechtschaffen und ehrlich,
Doch zu mir selber nicht gut –
Mit jeglichem Wesen viel besser –
Und schrieb meine Verse mit Blut! –

*

Ein Meer von Balsam ist die Zeit,
Was hat sie alles nicht geheilt!
Die falschen und die wahren Schmerzen,
Die man zu schaffen sich beeilt.

*

Ja, ja, es kommt noch nach,
Das Schöne kommt noch nach,
Es rufen Freudentöne
Die Herzenslust Dir wach.

Ja, ja, es kommt das Gute,
Das Gute kommt noch nach,
Die Tugend mit dem Mute,
Sie ruft das Rechte wach.

Ja, ja, es kommt der Glaube,
Auch er, er kommt noch nach,
Er ruft dem Sohn vom Staube
Einst das Gewissen wach!

*

Sei Dir alles gleich, mein Kind,
S' ist ja alles gleich;
Jedes Ding vergeht geschwind
In dem flüchtigen Reich.

Freud' und Leiden, Schmerz und Glück,
Eis und Schnee und Sonnenblick,
Alles trifft ja ein Geschick,
Kommt auf eins zurück. –

Inn'res Glück nur wechselt nie,
Das Bewußtsein bleibt,
Ewig gleich der Poesie
Seine Blüten treibt.

*

Bittrer als der Tod ist Leben,
Wenn ein stolzes Herz verletzt, –
Sieh', die Furien sich erheben,
Deren Stahl die Hölle wetzt.

O, der kennt die Seelen wenig,
Der die besten stille schmäht,
Sah man jemals einen König,
Der um Schwarzbrot betteln geht?

In dem lichten Sonnenglanze,
Wandelnd durch das Leben hin,
Schaffend, wirkend für das Ganze,
Treu mit heißem, festem Sinn.

Wer für jedes Glied des Ganzen,
Gerne gäb' sein Herzensblut,
Liebend, selbst das Tier, die Pflanzen,
Dessen Herz ist rein und gut.

Bittrer als der Tod ist Leben,
Wenn ein solches Herz verletzt,
Sieh', die Furien sich erheben,
Deren Stahl die Hölle wetzt.

O, der kennt die Seelen wenig,
Der die besten wagt zu schmäh'n,
Sah man jemals einen König,
Einen König betteln geh'n!

*

Mir träumte, daß ich stund
An eines Teiches Grund,
Und sieh', mein Mutterlieb,
Es schaute drinn so trüb'!

„Was machst so trüb' Gesicht" –
Fragt ich, „ich fass' es nicht."
„Bist gut", – sprach sie, – „mein Kind,
Weißt nicht, wie bös' sie sind;

Du faßt das Böse nicht,
D'rum mach' ich trüb' Gesicht."
So sprach mein Mutterlieb,
Und ich erwachte trüb'.

Der Sieg des Geistes

Hast Du den Schmerz schon einst empfunden,
Den Seelenschmerz, der tief im Innern nagt,
Und hast in diesen trüben Stunden
Du nie und nimmermehr trostlos verzagt?

Auch bei des Körpers großen Leiden,
Wenn Grauen schon Dein Aug' bedeckt,
Du fühlst das Leben von Dir scheiden
Und bist auch dann nicht aufgeschreckt?

Wohl Dir, Du bist nicht überwunden,
Es endet alles Erdenleid,
Glück auf! Es nahen bessere Stunden,
Und Du erhältst für alles einst Bescheid.

Bescheid vom ewigen Richter droben,
Wofür Du Edler denn gelitten hast. –
Es höret auf des Herzens Toben,
Und weg ist sie, die schwere Sorgenlast.

Der Geist ist Sieger, er sieht heiter,
Mit froh und unumwölkten Blick
Auf die Vergangenheit zurück,
Und schreitet ewig immer weiter!

Elisabeth

Aus jenem Troß von Königinnen
Ragt hoch empor Dein tugendhaftes Sein,
Den Glanz der Throne kann das Haupt entbehren,
Doch nie der Tugend Heiligenschein.

Dem König brach das Herz, in Dir gefunden
Hat er, o, eine Welt voll Herrlichkeit,
Hat ihn des Undanks Pfeil auch tiefgetroffen,
In Dir versöhnte ihn die höhere Menschlichkeit.

Gedichte ohne r.

Wie viel Licht im Sonnenball,
Wie viel Staub im Weltenall,
Wie viel Staub und wie viel Sand
Gibt's nicht schon im Heimatland!
Wie viel hohes, schönes Licht
Hat's im deutschen Lande nicht!
Wie viel Angst in Blitzes Schein,
Wie viel Lust im Glase Wein!
Doch ganz komisch ging man um,
Alles schaffend, meistens stumm; –

Bloß den Menschen ausgenommen,
Lebt sonst alles still beklommen,
Dem Menschen allein die Kunst man gab
Zu zählen all' sein Gut und Hab',
Zu sagen, wie's und was ihm tut,
Und wie ihm jetzt und je zu Mut:
Wenn ihn die Habsucht voll gefüllt,
Und wenn die heiße Sucht gestillt!
Wie wonneatmend das Gefühl,
Wenn nah' man einem hohen Ziel.

Kühn manche dies in's Auge nehmen,
Ohne des Mißlingens sich zu schämen,
Weil edle Pflanzen oft eingehen,
Wenn sie auf sand'gem Boden stehen! –
Ja, all' dies ist jenen nicht gegönnt,

Die man nach uns Geschöpfe Gottes nennt:
Das edle Wild kann es nicht sagen,
Wie Jagd und Hunde ihm behagen,
Und wenn man den Hals des Fisches sticht,
Denkt man, die Fische empfinden's nicht!

Ei, sehet doch, wie doppelt unbillig,
Die Fische zucken ja, doch böswillig,
Will man sie dennoch gefühllos nennen,
Weil sie nicht seufzen und klagen können;
Und so geht's bis zum Elephanten hin,
Still behält es den unabhängigen Sinn,
Das gut, weise, edle Vieh,
Denn Sklavendienst beugt seine Weisheit nie,
Stolz denkt es an das heimatlich Gebiet,
Sanft duldend, was im Ausland ihm geschieht.

Aus all' diesem ziehe ich den Schluß,
Daß die Sagekunst man haben muß,

Nicht um zu klagen stets Leid und Weh',
Da ich Elephanten standhaft seh':
(Und ach, wie langweilig ist man,
Wenn man niemals von sich schweigen kann);
Deshalb denk' ich lediglich alsdann,
Wenn man etwas sagt, was nützen kann,
Was man weise nennt, und edles denkt,
Wenn man dies dem Geist des Nächsten schenkt.

Böses so zum Besten wendet:
Wenn dann die Lippe niemals endet,
Sie hat sich damit nicht geschändet,
Dazu hat sie ein Gott gespendet;
Daß das Aug', das Wahn geblendet,
Sich dem hellen Tag zuwendet;
Seelen schwachen, schon im Sinken,
Heil und Hoffnung zuzuwinken!
Und die Besten und Gescheiten,
Mit den edlen Geistesgaben,
Die zu tun im Sinne haben,
An die Taten zu gewöhnen,
An die guten, menschlich schönen;
Ja, und mächtig hohen Seelen,
Die gottlob auch niemals fehlen,
Zu den Höchsten zu geleiten! –

Sonnenuntergang und Aufgang

Ein Sonnenuntergang, der Untergang
Desjenigen Volks, das einst so hoch gestrahlt,
Siehst Du die Streifen, purpurrot und lang,
Den jeder Untergang am Himmel malt –

Al fresco, blutig halb, halb rosenrot,
Als zögen Schmerz und Unschuld Hand in Hand –
Ein stürmisch Leben, ein erhabner Tod –
Ein siegreich Dulden, das nichts überwand.

Welch' großes Bild! im Hintergrunde Tag,
Im Vordergrunde tiefe Nacht man sieht,
Ein Volk, das tief im Staube kniet –
Hoch über seinem Haupt die Prüfung lag –

Und Tränen, Dornen, Ketten, aller Art –
Und harte, gift'ge Zungen lauern dort –
Und Herzen, ihnen gegenüber, hart
Wie Stein, und wie der stille Mord.

Und Angst und jähe Flucht und bleiche Not
Mit tausend Schrecken, Qualen, wechseln ab,
– Ein Schatten-Leben und ein rascher Tod, –
In düsterm Flammen-, frischem Wellengrab.

Das Volk sieht lange sich die Prüfung an:
Das Unglück, wie es leibt und lebt und stirbt,
Und wie es, demütig auf steilem Pfad hinan,
Um einen kalten Blick des Mitleids wirbt!

Im Vordergrunde Nacht – im Herzen Licht,
Im Herzen jenes Morgenrot
Des Glaubens und der Zuversicht –
Erhaben über Finsternis und Tod –

Sie überdauernd, überdauernd Raum und Zeit,
Sie umgestaltend in den ewigen Tag –
Sie umgestaltend in Unsterblichkeit:
Das gläub'ge Volk hofft es bei jedem Schlag;

Das Volk sieht in den Abgrund tief hinab,
Und ruft: ich werde leben! Gott mit mir!
Geb't mir zur Reise um die Welt den Stab,
– Den Glauben – ihn allein nehm' ich mit mir.

Und überall verkünd' ich Gottes Wort,
Ein Weltalls-Prediger, bewährt durch Tat,
Als Glaubensbild weil' ich an jedem Ort,
Ein Gottesbild und – der Völker Rat. –

Hier steht das Mißgeschick, doch dicht der Glaube,
Dort steht das irdsche Glück, mit ihm das Nichts –
Hier bist Du jedem irdschen Schmerz zum Raube,
Allein Du bleibst ein Sohn des ew'gen Lichts –!

So rief ein Engel unter Lorbeerzweigen,
Und zeigte nochmals Tag und Nacht zugleich,
Und todesmutig sie die Häupter neigen,
Und rufen laut: *wir wählen ew'ges Reich.*

Auf meinen am 15. November 1890 dahingegangenen Papagei

Allgeliebter Vogel Du,
Gingest auch zur ewigen Ruh
Liebenswürdig zahm und zart
Und von selten geistiger Art!

Warst mir zweiundzwanzig Jahr,
Was kein Anderer mir war,
Steter Freund, ach lebenslang,
Nehme meinen heißen Dank.

Mancher hat Dich arg betrübt,
Weil Du allgemein beliebt,
Gönnte diesen Trost mir nicht,
– Das ist Wahrheit im Gedicht –

Nochmals Dank für Deine Treu!
Lebe dorten auf, auf's neu –
Jeder Geist er lebet fort,
Glücklich sei an jedem Ort!

An denselben

Den ersten Gruß am Morgen
Empfing ich stets von Dir,
Und Herz und Geist und Seele
Lag in dem Ton zu mir.

Du wirst mir immer fehlen,
Stets bange bleibt's nach Dir,
Du süßer Jakob, Kobusch
Bleibst unvergessen hier.

Seit zweiundzwanzig Jahren,
Seit meiner Mutter Tod,
Warst Du mein treu Gefährte
In Freude, Schmerz und Not!

Du bist nicht fortgewichen
Von ihrem Totenbett
Und warst Dein ganzes Leben
Stets geistvoll, klug und nett.

Du wirst mir immer fehlen,
Stets bange bleibt's nach Dir,
Du süßer Jakob, Kobusch
Bleibst unvergessen hier.

Und mehr warst Du beweinet,
Als mancher Mensch vor Dir,
O, Koberle, o Jakob,
Bleibst unvergeßlich mir.

*

Eine Blume ist gebrochen,
Hier für immerdar, –
Und die edle Fürstin zählte
Vierundzwanzig Jahr.

Wer des Lebens Glück gekostet
Und dann rasch entflieht,
Kennt nicht seine Dissonanzen
Hörte nur sein Lied.

Und mich dünkt, in solcher Jugend
Enden leichter sei,
Wie die Töne leicht sich lösen
Einer Melodei.

Nach dem Gesetz über die Pensionierung der Arbeiter

Das Echo schall' es weit,
Es tagt Gerechtigkeit,
Es lauschet Menschlichkeit:
Kommt eine bessere Zeit?

Ob Not und Elend flieht
Aus mächtigstem Gebiet.
Es war ein Hohenzollernwort, –
Und Kaiser Friedrich freut sich dort.

*

Welch' Schreckenstille herrschet hier,
Bin ich allein, ich bin allein!
Entsetzen, ach, ein Grauen schier
Erfaßt mich, so allein zu sein. –

Es nahm mir viel, – fast rätselhaft
Ist des Geschickes Grausamkeit,
Beeil dich, Mut, beeil dich, Kraft,
Zu kürzen mir die öde Zeit.

Der Menschheit Traum – die Kunst – verhindert hin –
Nichts als des Daseins anspruchsvoller Sinn!
Doch halt, doch nein; das Größte ist bei Dir:
Gott ist, ist überall, und ist auch hier.

*

Prall nicht an, prall nicht an,
Steine gibt es überall,
Und man kann, und man kann
Haben einen bösen Fall;

Stoß nicht an, stoß nicht an,
Böse Menschen gibt es viel,
Und man kann, und man kann
Kommen in ein böses Spiel;

Halt zurück, halt zurück
Deine Meinung, deinen Blick
Und die Klugheit, und das Glück
Leiten weise dein Geschick.

Wanderlied

Türe auf, Türe zu,
Niemals Rast, niemals Ruh',
Schöne Damen, liebe Herr'n
Kaufet freundlich, kaufet gern,
Brauch's auf Brot, und brauch's auf Bier,
Und das gönnt ihr sicher mir.

Türe auf, Türe zu,
Niemals Rast, niemals Ruh',
In der Kälte, in der Glut,
Keiner meiner Füße ruht,
Such' am Herde einen Platz,
Finde keinen, keinen Schatz.

Schöne Damen, liebe Herr'n
Kaufet freundlich, kaufet gern,
Komm aus fernem Lande her,
Und dem Fremdling wird's so schwer:
Türe auf, Türe zu,
Niemals Rast, niemals Ruh'!

Der Goldfischer

Am Rande des Meeres
Am Rande der Flut,
Da weilet der Knabe,
Gar freundlich und gut;

Er stahl seinem Vater
Die Goldfischlein sein
Und wirfet sie wieder
Ins Meer hinein.

Der Vater, er jaget
Dem Ufer entlang,
Da wird ach dem Knaben,
So ängstlich und bang;

Er fürchtet den Vater,
Es sinkt ihm der Mut,
Fast möchte er lieber
Hinab in die Flut.

Da färbt sich das Wasser,
Wird schwarz und wird grün
Und weiße Gespenster
Darüber hinziehn;

Die Tiefe, sie donnert,
Der Abgrund geht auf,
Die Fluten beginnen
Den rasenden Lauf.

Sie stoßen den Knaben
Den Goldfischlein nach:
Das rufet des Vaters
Gewissen erst wach.

An den Lorbeer

Ich liebe Dich – ich will's gestehen
Mehr als das erste Frühlingswehen,
Dein süßer Duft, der ewig währt –
Ist in der ganzen Welt geehrt –
Doch nicht des Siegeslorbeers Blatt –
Wer es empfängt, getötet hat –
Der schmale, schön gezackte ist's:
Du dunkelgrüner Lorbeer bist's.

*

Du lässest den Menschen steigen
Hinauf bis zum höchsten Berg,
Dann lässest Du ihn sinken
Hinab bis zu einem Zwerg. –

*

Menschenliebe, Zauberwort,
Das die Welt vereinet,
Menschenhaß ist Seelenmord,
Guter Engel weinet –

Leidenschaften wilde Glut
Unbewußt verheeret, –
Unbewußt sie Böses tut,
Bis sie sich zerstöret.

Sie ist nicht von Gott gesandt,
Der die Güte einst erfand,
Flammen in den Abgrund bannt.

Sein und gut ist, was da ist –
Unser ist nur eine Frist,
Ob man gut, ob böse ist. –

*

Ströme, milde Frühlingsluft
In das Haus hinein,
Ströme, milder Frühlingsstrahl
Auch ins Herz hinein. –

In die Herzen hart wie Stein,
Kalt wie Kupfergeld,
Schmelze drei Lawinen drein,
Hochmut, Selbstsucht, Geld!

*

Vier Kastanienbäume
Steh'n vor meiner Tür,
Viele goldene Träume
Dichtete ich hier.

* Büchlein von der Menschheit,
Ihrer „Trefflichkeit"
Ach, vergebt dem Dichter
Solche Albernheit.

*

* Sieh mein „Büchlein von der Menschheit",
Berlin 1885, Paul Grüger.

Das Träumen, Schlafen, Erwachen,
Das ist ja des Lebens Lauf,
Das Träumen ist ja das Schönste,
Nehmt Häßliches mit in den Kauf!

*

Alles geht vorüber –
– So ist alles gut –
Freilich wär's mir lieber,
Wär's von Anfang gut!

*

Der Krater der Berge Feuer sprüht,
Das Vöglein verstummt, das Blümlein verblüht,
Dies Bild gleicht der Habsucht gefährlichem Spiel,
Verheeren, verwüsten, vernichten ihr Ziel. –

*

Ein armer Mann, ein Armer,
Weißt Du, wie das klingt?
Als wenn aus der Tiefe
Man nach Hilfe ringt. –

Energie

Weine nicht, klage nicht,
Weinen, klagen hilft ja nicht.
Legt die geist'gen Kräfte an,
Wag' die ganze Seele dran,
Weichen wird, was zwischen liegt:
Nur der Tapfere, er siegt!

*

Und wo seid ihr, meine Träume,
Und wo bist Du, höchstes Glück!
Das ich stets und tief empfunden;
Ach, ihr seid nur weiße Schäume!

Schäume, die ins Meer gesunken,
In das Meer der Wirklichkeit,
Jenes trübe, graue Wasser. –
Und das Glück ist drin ertrunken!

*

Man hört ein lautes Klopfen,
Mein Gott, wer das wohl war?
Kein Mensch ist es gewesen:
Mein eignes Herz es war!
Das ist wahrhaftig wahr.

*

Sieh ein großer, schöner Stern
Aus den Wolken bricht,
Doch er steht mir gar zu fern,
Kenn' ihn näher nicht –
Kenne nur den äußern Schein, –
Golden strahlend Licht,
Doch sein inneres, wahres Sein
Ist verschleiert dicht. –

*

Leget alles zum Besten aus,
Jeder erträgt sein Schmerzenshaus,
Jeder hat ja im Leben geweint,
Wenn er auch noch so glücklich erscheint.

*

Dichterleben, Himmelsgabe,
Selbst im Unglück glücklicher –
Als die breiten, kot'gen Pfade
Der Gemeinheit sicherlich.

Fanatismus

Du hast Dich eingeschlichen
In unsere neueste Zeit,
Doch ist's ein letztes Flackern,
Du machst umsonst Dich breit –

Du bist ja nur ein Schatten,
Gespenst aus morscher Zeit,
Besiegt; – geweiht der Sage
Und der Vergänglichkeit. –

Der Pessimist

Ueberall ist Rauch und Dunst,
Scheinbar Wissenschaft und Kunst,
Scheinbar auch Humanität:
Und um alles schlecht es steht! –

*

Beten wollt ihr! Seid ihr's wert?
Daß man euch im Himmel hört?

Ob man's wert ist oder nicht,
Allerleuchtend ist das Licht!

Allbegnadend Gottes Art,
Beter, um's Gebet euch schart. –

*

Verborgen bleibt, was Du verbergen wolltest –
Als Millionen Sonnen Du vor uns aufrolltest –
Da wolltest Du uns Macht und Schönheit zeigen,
Vor solcher Größe muß der Mensch sich neigen.

*

Jeder Glaube ist der rechte,
Wenn die Liebe, sie, die echte,
Jenen, die am Himmel thront,
In dem Herz' des Menschen wohnt.

Jene Liebe allumfassend
Mensch und Tier, und niemand hassend,
Mutig, gottergeben, rein:
Scheint mir wahrhaft fromm zu sein.

Heine

Als er für's „Junge Deutschland“ stritt
Und man ihn nicht in Deutschland litt,
Da mußt' er nach Frankreich geh'n –
Er konnte nicht in Lüften steh'n –
Doch in der Fremde schrieb er nieder
Das goldne, deutsche Buch der Lieder.

Doch, was man lebend ihm versag't,
Die Heimat, Gott sei es geklagt –
In fremder Erde ruht sein Herz:
Das sühne man im Bild von Erz,
Zum Lorleifelsen soll es reichen
Und seiner Lorleischönheit gleichen.

Er braucht des Denkmals freilich nicht,
Das schönste Mal ist sein Gedicht,
Es liest und liebt's die ganze Welt,
Der Landsmann singt's auf freiem Feld,
Wir brauchen es zum Eigentume,
Zu Deutschlands unbestritt'nem Ruhme!

Richard

Hast Schulden über'n Kopf gemacht,
Hast Deinen König ausgesogen,
Die Zwietracht hast Du angefacht,
Und B.... um die Frau betrogen. –

Doch eine wahre Wunderwelt,
Sie lebt in jedem Deiner Stücke,
Die Schönheit, sie ist dargestellt,
Doch manchmal Sinnlichkeit und Tücke.

Die Sphinx

Die alten Ägypter verehren die Sphinx,
Die Sphinx – das Rätsel des Lebens –
Das Rätsel des Menschen – das Rätsel der Welt –
Die Lösung sucht man vergebens.

Der Grieche graziöser die Psyche er schuf,
Die Psyche – das Sinnbild der Seele –
In Marmor grub er die Schönheit hinein,
Daß Jeder sie sehe und wähle. –

Doch unsre Zeit dem äußern Schein –
Dem Schatten der Wahrheit ergeben –
Verkündet und lehrt das moralische Nichts,
Kein Sinnbild wird sie erheben! –

Natur – rastlos, aber unbewußt

Im Sturme wie in der Mimose,
Im Meer wie in der Rose,
Doch immer bewußtlos, selbstschändig nicht,
Natur, Du bist ja doch nur ein Gedicht!

*

Ein Weib, die Armut wie sie leibt und lebt,
Halb nackt und hilflos über Bord sich hebt, –
Ein traurig widerwärtig Bild,
Das fast als Vorwurf für uns gilt. –

Toussaint's Traum

Ein Urwald war's – Millionen Bäume,
Ach unabsehbar hoch und unerfaßbar tief,
Und unter einem dieser Bäume
Da lag ein Mensch, ein Neger, und er schlief.

Er träumt von San Domingo's Krone
Und dann von eines Kerkers Nacht,
Und dann von einer kältern Zone –
Und dann – und dann der Neger, er erwacht, –

Er will, er wird noch weiter träumen,
Er sieht ein Schiff die Wellen rings umschäumen,
Am Strand ein dürres, mageres Land –
Und dann – den Tod in Feindes Land!

– 335 –

Frieden

Immer kämpfen, immer streiten
Und das lohnt doch wahrlich nicht –
Und das Recht hat viele Seiten,
Und der Friede, er ist Pflicht.

*

Die Englein im Himmel,
Sie singen ein Lied,
Nur Rafaels Köpfchen
Ruft zornig erglüht:

Wie könnte ich singen
Ein fröhliches Lied,
Wenn Haß statt der Liebe
Die Erde umzieht?

Und auf, daß ihr's wißt,
Der Satan es ist,
Im Munde den Zwist –

Er macht einen Ritt
Als Antisemit
Die Lüge geht mit!

Das Tier

Hat Er es nicht gleich uns geschaffen?
Mit gleichen Sinnen auch versehen?
Es liebt, und haßt, fühlt Weh und Freude:
Das müßt ihr ja doch zugestehen,
Daß es nicht auch französisch spricht,
Das ändert doch die Sache nicht! –

*

Laß' das Gute mich erringen,
Uns das Böse nie,
Große Taten mich vollbringen
Herr, und segne sie!

Laß' das Haupt mich hoch erheben
Ueber Spanne Zeit
Mutig schaffen, wirken, streben
Für die fernste Zeit. –

*

Dämon aus Höllenräumen
Aus Fegefeuer und bösen Träumen,
Zertretend jede Freude, jedes Glück
Tritt endlich in die Unterwelt zurück!

*

Es stürmet, es wütet, es tobet, es rast,
Als sollte die Welt sich neuer gestalten,
Es legt sich der Sturm, das Toben hört auf
Und alles, es bleibt beim Alten.

Im geistigen Leben ist's ebenso,
Bedeutende Menschen, sie ringen,
Sie kämpfen, sie opfern, erkämpfen nichts,
Die Torheit, sie bleibt in den Dingen!

Meiner untröstlichen Schwester der verwitweten Frau Kommerzienrat Helene Selten zum 10. Juli 1893

Was unter tausend keiner tat,
Du hast's getan:
Im Anfang war die Tat,
Hub Meister Goethe an.

Sei dessen Dir bewußt,
Bewußtsein, inneres Glück,
Ertrage, was Du mußt,
Kein Schatten kehrt zurück! –

Sein Geist, gewiß er lebt,
Und wie er lebend tat,
Er liebend Dich umschwebt.

Befolge seinen Rat
In dem, was Dich erhebt,
Im Anfang war die Tat! –

Zuversicht

Hast noch eine Freude mir beschieden,
Wirst noch eine größ're mir bescheiden,
Jene Abschaffung vom schwersten Leiden,
Jene Roheit, ach hienieden:
Jenes lebende Begrabenwerden,
Allerschrecklichstes auf Erden. –

*

Kalt ist die Welt,
Hart ist das Geld,
Doch härter und kälter und dümmer
Und tausendmal wohl schlimmer
Als alle Gifte auf deutschen Auen,
Ist Grausamkeit und Heuchelei zu schauen.

*

Die Welt ist ein Rätsel,
Man ratet es nicht.
Und will man's erraten,
Das Herz einem bricht.

*

Ich legte manch' Grundstein zur Humanität,
Doch wer sie nicht liebet, sie nicht versteht,
Er gleichet dem Maulwurf, er scheuet das Licht,
Wenn manchmal hinein in die Höhle es bricht.

Doch Vögel und Blumen und Menschen vereint,
Sie trauern, wenn ihnen die Sonne nicht scheint.
Die Sonne des Lebens ist Humanität,
Und wer es verleugnet, es nicht versteht! –

Zur Erinnerung an Herrn Joseph Wolfsohn

Joseph Wolfsohn ist geschieden,
Mann von Ehre, höh'rem Sinn.
Unverstanden bliebst hienieden, –
Joseph Wolfsohn, er ist hin! –

Joseph Wolfsohn bist geschieden,
Fandest keinen Freund hienieden,
Keiner Freude traute Spur,
Lebtest traurig einsam nur.

Festen Muts in jedem Stücke
Fehlte Dir zum eigenen Glücke,
Des Ergreifens rohe Kraft,
Welche eignes Wohl nur schafft. –

Bist auch Freimaurer gewesen,
Pyramiden hast gelesen, –
Fandest nirgends Glück und Ruh,
Doch ein Menschenfreund warst Du. –

Schon im Glanze Deiner Jugend,
Das war das Talent der Tugend,
Dachtest Du an Gutes tun,
Und es ließ Dich nimmer ruh'n.

Und Dein Name lebt für immer
Edel, einfach ohne Schimmer
Hast Du Segen ausgestreut
Und Dein Beispiel ihn erneut.

Freue Dich in jenen Sphären,
Wirkest fort im Licht und Glanz,
Dort empfängt man Dich mit Ehren
Und mit einem Lorbeerkranz.

Anarchisten*

Anarchisten, seid Ihr Geister
Aus der Hölle tiefsten Gründen?
Ist der böse Euer Meister,
Wollt die Menschheit Ihr anzünden?

Bringt Ihr eine Feuerflut?
Ach, Ihr wißt nicht, was Ihr tut!
Kehret in Euch – Recht und Ehre
Sind des Weltalls große Lehre,

Wie der Wahn Euch auch betöre,
Kehrt zurück zu Recht und Ehre!
Scheußlich ist der Meuchelmord,
Furien weilen an dem Ort!

Scheußlicher ist: Feuer zünden,
Ist die ärgste aller Sünden –
Höllenstrafen zu verkünden,
Konnte man nichts Schlimmres finden!

* Geschrieben nach der Ermordung Garnots.

Gift und Mord und Feuerbrand
Sind verdammt von Land zu Land!
Was die Leidenschaft auch meinet,
Was dem Wahnwitz richtig scheinet.

Kehrt zurück zu Recht und Ehre,
Merkt Euch der Geschichte Lehre:
Niemals nützlich war der Mord:
Und es gibt ein ew'ges Dort!

*

War's Dein sehnendes Verlangen,
Deiner Liebe ängstlich Bangen,
Treue Seele, ach,
Was das Herz Dir brach?

Oder ist's ein Gift gewesen,
O so richte Gott die Bösen,
Kann unschuldiges Tier dafür,
Für den dummen Haß zu mir?

Schlangengift, es störte Eden –
Störet auch das kleinste Glück –
Warnen möcht' ich endlich jeden,
Lasset nie ein Tier zurück –
Denn Strichnin braucht nicht zu reden,
Tötet wie ein Schlangenblick! –

Waldvöglein

Waldvöglein zwitschert im Walde allein:
Werden wir niemals gleichgestellt sein
Jenen, die wir durch Lieder erfreu'n,
Und von all ihren Sorgen zerstreu'n?

Horch, aus Gebüsch und Blütenflor
Tönet hervor ein lustiger Chor:
Meinest Du etwa das Menschengeschlecht,
Ewig unmenschlich und ungerecht? –

Ach, nicht unsre Lieder bei Tag und Nacht,
Ach, nicht unsre Schönheit und Farbenpracht,
Keinerlei bricht seinen Uebermut,
Lechzend immer nach Fleisch und nach Blut!

Waldvöglein zittert, leise es weint,
Abendsonne es golden bescheint,
Plötzlich ruft es: Menschengeschlecht,
Jedes Geschöpf hat des Lebens Recht! –

Napoleon III.

Fremdling, kommst um mich zu höhnen? –
Nein! – ich weih' Dir ein'ge Tränen,
Deiner Größe, schwer verkannt,
Schwer verkannt im eig'nen Land!

Hattest Rußlands Macht gebrochen, –
Hattest Frieden Dir versprochen, –
Nicht mehr Ruhm, befleckt mit Blut,
Trachtetest nach höhrem Gut. –

Napoleonische Ideen
Sollten endlich jetzt geschehen*
Schafftest Raum und Luft und Licht –
Aber Frankreich dankte nicht. –

* Les idées Napoléoniennes par le prince Napoléon – Louis Bonaparte. 1860.

Bautest für die Arbeit Säle
Und – daß ich es hier erzähle,
Würdigtest mit hellem Blick*
Unsrer Sitten Mißgeschick: –

Anerkanntest die Gefahren
Allerschrecklichsten, furchtbaren,
Grausam Los, das jedem droht –
Jenen, ach, lebend'gen Tod! –

Frankreich glücklich, wollte träumen
Von des Rheines Blütenbäumen,
Wollte Kampf und Krieg – nicht Ruh'
Und das Opfer, das warst Du! –

Napoleonische Ideen
Werden aber doch geschehen,
Und den Dank, der Dir geziemt,
Ganz die Weltgeschichte rühmt. –

*

* Durch ein höchst würdigendes Kabinettschreiben an die Verfasserin.

Ewig lebt die Wahrheit,
Ewig lebt das Recht,
Menschlichkeit ist Klarheit,
Hassen, das ist schlecht!

Antisemitismus,
Aufgewühltes Meer,
Neueste Influenza,
Dauerst mich gar sehr;

Antisemitismus
Antibrüderlich,
Senk' die morsche Fahne,
Sie wird lächerlich.

Antisemitismus,
Wißt ihr, wie das klingt?
Als wenn unter Psalmen
Einen Fluch man singt;

Psalmen sind semitisch,
Zehn Gebote auch,
Schöne Sonntagsfeier
Ursemitischer Brauch;

Doch die Heuchler täuschen
Absichtlich die Welt,
Meinen nicht Semiten,
Meinen nur ihr Geld.

Wenn sie vieles hätten,
Gäben sie's dem Zar,
Kauften sich Gatschina
Schön und wunderbar;

Säulen groß und mächtig,
Lapis Lazuli,
Dunkelblau und prächtig,
Sie erkaufen's nie;

Ihren Reichtum aber,
Schlauheit ihn erdacht,
Haß und Zwietracht haben
Wahrheit nie gebracht;

Wen'ge ausgenommen,
Darben sie gar sehr,
Tausende verkümmern,
Eilen übers Meer.

Nahrung dort zu suchen,
Wo noch nichts gesäet,
Kehren gern zurücke,
Wo die Heimat stehet;

Heimat leere Städte,
Wo der Vater stand,
Eh' er Blut und Leben
Gab fürs Vaterland;

Ewig lebt die Wahrheit,
Ewig lebt das Recht,
Menschlichkeit ist Klarheit,
Hassen, das ist schlecht!

Anti-ti-semiten,
Höret meinen Rat,
Heilet eure Leber,
Gehet nach Karlsbad!

Bad- und Reisekosten
Zahlet sicher Der,
Der Euch sonst bezahlet,
Doch – ich weiß nicht Wer! –

Am 23. Juli 1894

Sie, die ich so heiß geliebt,
Sie, die niemals mich betrübt,
Sie, die meiner Augen Licht,
Ach, ich sehe sie doch nicht!

Sah't ihr jemals ein Gesicht,
Das die Himmelssprache spricht,
Sah't ihr jemals einen Blick,
Liebe strahlend, Güte, Glück:

Ach, dann habt ihr sie gesehen,
Meine Mutter in den Höhen,
Wo die Engel aufwärts gehen,

Denn die Engel reichen nicht
Bis hinauf zu ihrem Licht,
Das ist Wahrheit, nicht Gedicht!

NEUE GEDICHTE
Lyrische Gedanken

Das Meer

Grüß' mir das Meer,
Silberne Wellen
Rauschen und schwellen,
Schön ist das Meer!

Grüß' mir das Meer,
Golden es schäumt',
Ob es auch träumet?
Tief ist das Meer.

Grüß' mir das Meer,
Glücklich es scheinet
Ströme es weinet,
Groß ist das Meer.

*

Wie so manches Samenkörnchen
Weder sprießet, noch gedeiht –
Ach, vom Wind' in Staub getreten,
Tut das arme Korn mir leid. –

*

Vom Felsen sah' ich hinab in das Meer,
Es schäumet, tobet und rast einher
Seit vielen tausenden von Jahren
Eh' ich und alle waren.

Sonett

In Waffen steht die Welt
Um Länder und um Geld,
Aus Friedensliebe zwar,
So heißt es immerdar.

Nur eines ruhig bleibt
Und ew'ge Blüten treibt,
Im Reich der Poesie,
Da streitet man sich nie. –

In reinem Element
Man keine Feindschaft kennt,
Die Mensch von Menschen trennt.
Ob nahe oder weit
Man leidet mit, mit Leid –
Für jetzt und alle Zeit.

*

Was tönet so laut durch die Lüfte,
Was tönet so laut durch den Wald,
Durch Berge, Täler und Klüfte
Und weit über das Meer es schallt.

Es ist kein Rufen, kein Schrei'n,
Wie Donner nur rollet es fort,
Durchbrechend die menschlichen Reih'n
An jeglichem fernsten Ort.

O Menschheit, so hoch einst gestiegen,
O Menschheit, du sankest herab,
Die schwärzlichen Banner, sie fliegen,
Verkünden Verderben und Grab.

Schon träumtest vom ewigen Frieden,
Schon winkten die Engel dir zu;
Vom Himmel auf Erden hinieden,
Jetzt findet der Streit keine Ruh'.

Es glühet vor Haß und vor Streite,
Es glühet und zischt in der Luft,
Es zündet in Nähe und Weite, –
Und Echo dem Echo es ruft.

Die Schönheit entschwindet von hinnen,
Die Weisheit bedeckt ihr Gesicht;
O Menschen, ihr scheinet von Sinnen,
Die Liebe empfindet ihr nicht.

Die Fahnen des Krieges, sie fliegen,
Verkünden Verderben und Grab;
O Menschheit, so hoch einst gestiegen,
O Menschheit, du sankest herab.

Kaiser Friedrichs Traum

Es träumte einst ein Königskind
In Purpur und in Seide,
Daß alle Königskinder sind
Im Schloß wie auf der Heide.

Doch einsam blieb das Königskind
Und barfuß blieb die Heide,
Es pfiff und heulte rauh der Wind
Durch eine Trauerweide.

Ob Kaiser Friedrich, er es war,
Des Herzblut überschäumte;
Und als das Herz gebrochen war,
Noch liebend weiter träumte?

*

Du nahmst mir sie
Und meine Seele mit,
Verhallet ist ihr Schritt,
Vergessen nie.

Du nahmst sie mir
Zerstörende Natur,
Doch ihren Körper nur,
Ihr Geist steht über dir.

Genommen ist der Grund,
Auf dem ich stand,
Nie Heilung fand
Die Stelle blutig, wund.

Der Savoyardenknabe

Kennt ihr den braunen Buben,
Im Berner Oberland,
Mit strahlend schwarzen Augen
Reicht er euch hin die Hand.

Der allerliebste Junge,
Ist jünger noch als jung,
Er stürzt in die Luzine*
Und holt sich einen Trunk.

* Im Grindelwald fließt die schwarze und weiße Luzine.

Er schläft bei Alpenrosen
Auf einem harten Stein
Und manchmal auch vor Hunger
Bei Eisesgrotte ein.

Der Hunger, ja das Essen
Bekömmt man nur für Geld,
Drum späh't er aller Orten
Ob nicht ein Wagen hält.

Ein Wagen, Reisewagen,
Da stürzt er hin wie toll
Und strecket beide Hände
Nach einem Hungerzoll.

Der Zar

Aus des Zaren reinen Händen
Nimmt die Welt den Frieden an,
Und die Völker alle wie ein Mann
Ihm den reichsten Segen spenden.

Wollen all' die Waffen strecken,
Niemals sich mit Blut beflecken;
Denn was niemals vor ihm war,
Will und schafft der junge Zar.

Und es lächelt die Geschichte,
Sonst so ernsthaft im Gerichte.
Edler Zar, bist Gott gesandt,
Schaffst das größte Vaterland. – –

*

Blumenduft strömt mir entgegen
Aus der Armen Hand,
Wie ein wahrer Blütenregen,
Mir von Gott gesandt.
Nehmt zum Dank für eure Spende
Heute meinen ersten Sang,
Ehrte eure fleiß'gen Hände.
Liebte euch mein Leben lang!

*

Tage kommen und entschwinden,
Jahre kommen und vergeh'n,
Und kein Mensch kann es ergründen
Dieses Kommen, dieses Geh'n.

Gott nur kann das Rätsel wissen,
Logisch laßt uns ihm vertrau'n,
Fest auf seine Hilfe bau'n,
Froh den Tag, das Jahr begrüßen.

Und ein jeder Tag, er bringe
Uns die allerbesten Dinge,
Mut und Kraft und Sonnenschein,
Was wir taten mag gedeih'n,
Was wir wünschen bald gelinge
Uns und allen, welche rein.

*

Von der Decke bis zur Diele
Muß der Schweiß herunter rinnen,
Willst gelangen Du zum Ziele,
Wohlverdienten Preis gewinnen.

Zum 70sten Geburtstage

Herrn Ernst von Weber,
Vorsitzender des Weltbundes
gegen die Vivisektion

Ich möchte auf einem Bilde dich seh'n,
Umringt von glücklichen Tieren,
Die heute hochjubelnd vor dir steh'n
Und dankbar dir gratulieren.

Die Einen, die Vögel nach ihrer Art
Mit sinnigen Liedern, so weich und zart,
Die Hunde, die treuesten Seelen,
Die Hände zum Kusse dir stehlen.

Gegen die Vivisektion der Hunde

Die Treue wollt ihr lebend schinden,
Was wollt ihr denn in ihrem Herzen finden?
Wenn ihr in ihren Eingeweiden wühlt?
Vielleicht die Liebe, die sie für euch fühlt.

*

Ja, hier ist nichts
Und alles dort,
Doch reizend ist das „Hier“
Und unbekannt das „Dort“.

Doch unbekannt im Mutterleib’
Ist auch die Sonne, die wir seh’n
Und schönres noch, so sagt die Schrift –
Schuf Gott in jenen Höh’n.

*

Seht ihr die grauen Föhren
Am blauen runden Teich,
Dazwischen die kleine Insel,
Fast einem Berge gleich.

Sie ist nur halb, die Insel,
Von außen kann man heran,
Doch jenseits von dem Berge
Man nicht mehr weiter kann.

Man gleicht auf jener Höhe
Fast einem Heiligenbild,
Bis man gleich einem Gletscher
Herunter stürzet wild.

*

Der Lenz ist gekommen
Und mit ihm das Glück,
Doch wer es nicht glaubet,
Dem weicht es zurück.
O, weiche nicht, bleibe
O, weich' nicht zurück,
Was Einer auch treibe,
Er brauchet das Glück.

*

Gedenke mir meine Liebe zum Menschen,
Gedenke mir meine Liebe zum Tier,
Und meine bescheid'ne Entsagung
Gedenk' es mir dorten und hier.

Ein anständiger Mensch nennt sich

Dumme Jungen, Pamphletisten,
Schlechte Juden, schlechte Christen
Legten Dynamit und Gift,
Keins von beiden je mich trifft.

Anonyme Flüche blitzen,
Zünden, treffen und erhitzen
Nur den Fluchenden allein.
Armer Flucher, urgemein!

Zischest giftig obendrein,
Hassest alles das, was rein,
Mußt entsetzlich elend sein,
Feige Memme, geh' zur Ruh,
Rufet Dir die Erde zu,
Anonymer Bube Du!

*

Schön ist das Leben, ach schön, sehr schön,
Schön ist's und herrlich in Gottes Hut steh'n,
Schau'n in die Sonne und Blumen hinein,
Heiter und glücklich und friedfertig sein.

*

Einander unbekannt – doch tief verwandt –
Das sind wir Menschen alle; –
Ich danke Dir in jedem Falle
Falls Deinen schönen Brief, den Du gesandt.

*

Goldnen Vögel, süße Freunde,
Nachbarsleute – keine Feinde –
Ohne Haß und ohne Neid:
Grüß' Euch Gott für alle Zeit.

*

Das Vöglein erwacht,
Im Traume es dacht
An Röseleins Pracht,
Die Katze hält Wacht.

Ode

Aus dem kleinsten der Weltenräume,
Niedriger Mensch, erhebst du dich
Zu den Gedanken an Gott,
Du wagst es.
Weißt du, ahnst du auch
Nur den Begriff seiner Größe?
Groß ist Gott, gnädig ist nur er
Millionen Wesen, Millionen Seelen,
Die einst hier gelebt.

Und Millionen Wesen, die in höheren
Welten leben,
Und Millionen von Engeln
Und höheren Geistern
Erfassen nicht Gottes Größe;
Sie rufen Alle: Gott ist groß.
Mehr wissen sie nichts von Gott,
Geschweige du Mensch,
Bescheide dich, freue dich, daß Gott
groß und allgnädig ist.

Dies Bewußtsein beglücke dich,
Erfreue dich –
Es sei deine Hoffnung, dein Halt;
Und freue dich jedes Tages,
Und freue dich jedes Gräsleins,
Der Schwalbe und Lerche und des
Vergißmeinnichts.
Und wisse, daß Gott dich liebt,
Solange du lebst, und du lebst ewig.
Eins aber wissen alle, daß er
Ihnen geholfen hat und hilft.

Gebet

O, Gott, der du die Welten lenkest,
Der du sie schufst und sie erhältst,
O, Gott, der du die Menschen und die Tiere schufst,
Der du sie schufst und erhältst,
Erhalte, errette und schütze alle,
Die mir im Herzen wohnen.
Beglücke ganz und jeden, errette, erleuchte Alle,
Daß sie von ihren Irrtümern geheilt.
Ja beglücke, erhebe und vergebe ihnen alles,
Was sie aus Irrtum getan.

Laß die Härte ihres Herzens weichen
Und läutere sie ohne Schmerz, und ohne
Prüfung zu sein,
Was sie stets sein sollten, gut und wahrhaft,
Beglücke aber auch du
Ganz und jeden und Alle,
Und daß sie ohne Schmerz und Prüfung sein mögen,
Wie sie stets sein sollten, gut und wahrhaft.

*

Und gäb' ich ihnen all' mein Blut,
und gäb' ich ihnen all' mein Sein,
Sie gehören und versteh'n mich nicht
Und sagen dämlich immer nein.

Doch naht die letzte Stunde einst,
Der gute Engel drüber weint,
Kommt Angst und Reue viel zu spät,
Dann wissen sie, wer's gut gemeint.

Herrn B. von M.,

der mir im Namen der B. Studentenschaft
eine Adresse nebst einem goldenen
Lorbeerzweig übersandte.

In des Lorbeers goldnen Zweigen,
Sonnig strahlend und mein Eigen,
Rauscht es hörbar und es spricht:
„Solch Geschenk vergißt man nicht."

Denn vom fernsten Pol zum Pole,
Einstens auf dem Kapitole
Solcher Zweig den Dichter krönt,
Daß ein König er sich wähnt.

Schreibest auch – o, schreibe, nütze
Menschenleben, rette, schütze,
Bist du dessen dir bewußt
Trägst den Lorbeer in der Brust.

– 371 –

Der Bunzlauer Topf

Mein Rat ist: man sollte ihn füllen
Den riesigen Goliat,
Den Hunger der Menschen zu stillen,
Dann wären wir alle satt.

Ich rate an jeglichem Orte,
Es stünde solch' Töpfchen stets voll
Mit Suppe und Brot – nicht mit Torte,
Das jeden ganz sättigen soll.

So höret an jeglichem Hause,
Als Wächter es stehen soll
Das Bunzlauer Töpfchen zum Schmause
Und jeder, er fände es voll.

Dann wär' manch' Kerker verlassen
Und alles bei fröhlichem Mut,
Die geizigen Sünder erblassen
Und alles wär' friedlich und gut.

Gabriele Lehmann geb. Richter

Jenen Frauen, der Vorzeit gleichend,
Die vom Guten niemals weichend,
Eins nur kannten: ihre Pflicht –
Horch, ich weih' Dir ein Gedicht.

Niemand stand Dir bei in Not,
Starbst den stillen Heldentod;
Hast es sicherlich verzieh'n
Wie oft Blumen weiter blüh'n,

Die des Menschen Fuß getreten,
Wirst vielleicht noch für sie beten,
Die wie Steine oder Raben
Niemals Dir geholfen haben.

Herrschsucht

Du allgemeinste, ganz gemeine Leidenschaft,
Die niemals etwas Gutes oder Schönes schafft.
Von Lieb' ist in Dir keine Spur,
Du bist die reine Selbstsucht nur.

*

Rasch erglühet die Sünde,
Wie jegliche Leidenschaft,
Sicher auf Blumengewinde
Wandelt die ruhige Kraft.

Würde nur und Ruhe
Verleihen uns Macht und Kraft,
Was auch die Leidenschaft tue,
Das Rechte sie niemals schafft.

Diplomatie im Alltagsleben
Wird die Menschheit nicht erheben.

Höret, was das Neueste ist:
Ob man trinket oder ißt,
Ob man gehet oder stehet,
Ob im Wagen, auf dem Ritt,
Die Spekulation geht mit,
Und ein Jeder denkt daran,
Ob er sich was nützen kann.
Also übt man den Verstand
Und wird Selbstsucht-Spekulant.
Das ist Wahrheit, urgemein.
Schämt euch doch, ein Mensch zu sein.

VERZEICHNIS DER GEDICHTE